狼與辛香料 XV

太陽之金幣〈上〉

支倉凍砂
Isuna Hasekura

Illustration
文倉 十
Jyuu Ayakura

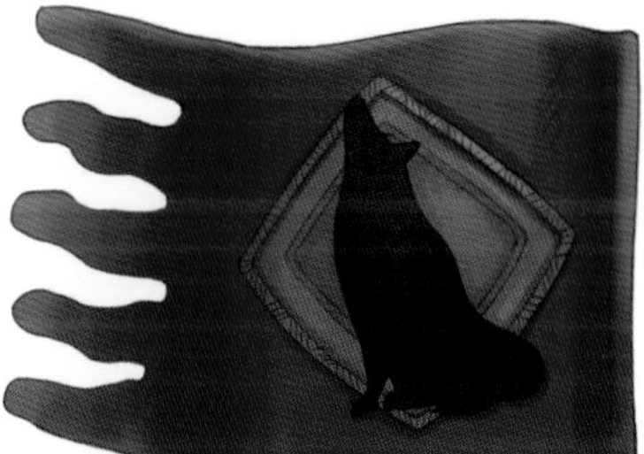

「快回答！」
一時之間，羅倫斯分不清楚
說話的人是誰。
繆里傭兵團團長
魯華・繆里

說出這話的是赫蘿，
而下一秒鐘，魯華以
迅雷不及掩耳的速度
拔出了長劍。
「那是我要說的話。」

「羅倫斯大人，我認為您計畫
在這裡開店的想法完全正確。」
繆里傭兵團的參謀官
馬克斯・摩吉

「哎，偶爾就聽聽汝的話好了。」
赫蘿從桌上的樹果當中挑了一顆，
然後輕輕往羅倫斯的嘴裡塞。

「畢竟汝好像乖乖忍了下來。」

Contents

狼與辛香料 XV

太陽之金幣〈上〉

WORLD MAP
溫菲爾王國
多蘭平原
紐希拉
樂耶夫山
堂斯格
伊克
凱爾貝
約伊茲
托爾金
樂耶夫河
雷斯可
普羅亞尼國
雷諾斯
羅姆河
特列歐
恩貝爾
卡梅爾森
拉姆特拉
N
W
E
S
崔尼國
波羅遜
留賓海根
帕茲歐
約連
斯拉烏德河
帕斯羅

地圖繪製／出光秀匡

序幕

離別是很乾脆的。

羅倫斯綜觀自己的經驗，一直是這麼認為的。

就算再怎麼懊惱不已，離別這個動作也會在一瞬間結束。離別就像準備拔出刺在身上的箭一樣，如果因為害怕拔箭而拖拖拉拉，反而會更加危險。這時候應該屏住氣，一鼓作氣地拔出來。而接下來會發生的事不言自明。

話雖如此，羅倫斯還是沒辦法灑脫地面對。而且，只有把旅行生活視為理所當然的旅行商人——說起來應該是被送行的那一方，才會有那樣的想法。

穿過城牆的盤查處後，寇爾等人依依不捨地回望，接著踏上了街道。目送寇爾等人遠去時，羅倫斯思考著這些事情。可能是羅倫斯很少有機會站在送行者的立場，才會忽然想到這些。

也可能是因為赫蘿就站在羅倫斯身旁，對著寇爾輕輕揮手，還浮現了一路走來首次露出的表情——赫蘿臉上明明浮現淡淡笑意，神情中卻有種像是死了心的感覺。

羅倫斯察覺到那是目送過無數人，也厭倦送行的人才會有的表情。這時，赫蘿停下揮手的動作，然後長長地「嗯～」了一聲，將雙臂伸向天空。

「那麼，去喝點酒唄。」

赫蘿沒有特別對著誰，像在自言自語似地說道。想要挖苦羅倫斯時，赫蘿經常會這麼做，而感到寂寞時亦然。

羅倫斯兩人之所以決定把寇爾託給書商魯．羅瓦，讓寇爾與艾莉莎同行，是基於現實考量。

然後，赫蘿展露了「既然有現實性的理由，身為賢狼，就該做出合理判斷」的態度，做起送走寇爾的準備。

雖然一些具體的處置——比方說想取得聯繫時應該寄信到何處，或是遇到困難時應該向誰求救之類的事項，都是由羅倫斯負責告知，但與寇爾之間的互動，則是由赫蘿出面。

為了買一雙鞋子，好換掉寇爾那雙隨時可能斷裂的草鞋時，赫蘿也一直陪著寇爾挑選鞋子。赫蘿還不忘盡情發揮狼的才能，細心地鑑定皮革好壞，讓工匠都看傻了眼。

昨晚赫蘿也是與寇爾一起入睡。然而與其說一起睡，赫蘿更像在抱布偶似地緊緊抱住寇爾睡覺。因為赫蘿就像小孩子一樣體溫偏高，還有著毛髮蓬鬆的尾巴，所以對寇爾來說，似乎有些太熱了。隔天早上起床時，寇爾還出了一身汗。或許寇爾是作了被赫蘿吃掉的惡夢也說不定。

旅途中，人們會因為小小的理由而一起旅行好一陣子，也經常會因為同樣微不足道的理由而分別，而寇爾就是其中一個例子。

不過，寇爾的小小身軀裡還藏著許多大人聽了會嘲笑的野心。

所以，羅倫斯明白寇爾希望與兩人一起行動，以確認故鄉是否安然的想法，也明白寇爾希望在萬一遇到危險時，自己能夠幫得上忙。但是，羅倫斯認為踏上旅途的人，應該朝向自己的目的邁進。這是羅倫斯能夠抬頭挺胸、大聲說出來的少數想法之一。

在不見任何人的行商路線上獨自旅行時，時而會陷入全世界只剩下自己一人的錯覺。不過，每當看見交叉路口出現時，又會深刻體會到世界非常寬敞、複雜，且充滿變化。

因此，旅行的目的非常地重要。

旅行的目的會化為不讓自己在這複雜世上走錯路的路標，也會是為了讓自己能夠與下一刻隨時可能分離的某人繼續在一起的理由。

羅倫斯與赫蘿的旅行也有一個目的。

這就是所謂的旅行，而旅行一定會有結束的時候。

第一幕

雖然空氣又乾又冷，但灑在身上的陽光非常地溫暖。

總之，此刻是披著棉被享受溫暖的絕佳氣候。

如果再讓搖籃一樣的馬車晃個幾下，肯定會編織出一首動聽的搖籃曲。

儘管如此，羅倫斯還是無精打采地嘆氣。因為他既不能披著棉被，也不能倒頭大睡。

鹿皮做成的手套十分暖和，羊毛編織成的蓋腳毯，質料雖厚卻相當輕。馬兒似乎是吃了好飼料之故，精神奕奕地擺動著藍尾巴；而且，路面相當平整且容易行走。若是在以前獨自行商的時候，這堪稱無可挑剔的完美路況，但很遺憾地，這次並非羅倫斯一人之旅。

羅倫斯有一位同伴。距離羅倫斯目前駕著馬車前進的地點好一段路程的遙遠南方，有一座帕斯羅村，而這位同伴從帕斯羅村就一直與羅倫斯一同旅行。同伴是掌控麥子豐收好幾百年，也是被村民視為神明崇拜的存在，其真實模樣是一隻能夠一口吞下人類的巨狼。

同伴平時化身為人類，並且擁有十來歲少女的外表，外貌相當姣好。她亞麻色的頭髮如貴族般又長又細柔，如果要說有美中不足之處，頂多就是身材太瘦了點。

而這位同伴——赫蘿，此刻正在馬車貨台上裹著棉被，悠哉地發出有規律的呼吸聲。從赫蘿發出「噗」或「咕」的聲音聽來，似乎是在呼吸聲與鼾聲的邊界上遊走。

由於赫蘿堅持自己不會打鼾，所以應該是呼吸聲吧。

在雷諾斯城時，羅倫斯與赫蘿險些在就快抵達約伊茲之際分手，最後羅倫斯再三思索，總算是找到了其他方案，避開了這樣的可能性。

這件事情與一本禁書有關。這本禁書記載了如今被埋葬於深處、據說能夠高效率地採掘礦山的技術。

開發礦山，就是挖掘山脈，投入大量藥石提煉金屬，並為了生火而砍伐整片森林。這麼做會使得水源受到汙染，山壁裸露在外，最後演變成只見荒地延伸的慘狀。赫蘿原本住在被稱為約伊茲的北方森林深處，對這樣的她來說，能夠助長礦山開發的技術萬一公諸於世，可是不容小覷的大事。如果這技術落入羅倫斯兩人接下來準備前往、專門從事礦山生意的商行手中，那更是只能夠用一場惡夢來形容。

因此，在雷諾斯時，羅倫斯才會與書商魯．羅瓦一同為此事奔走。

道路左側有一條樂耶夫河，而羅倫斯兩人的目的地，就是位於河川上游的雷斯可。一手掌控雷斯可的德堡商行，是世上屈指可數的大礦物商，長年來獨占了屈指可數的大礦山地帶。德堡商行似乎打算在北方地區引發大規模戰爭，其目的謠傳是為了征服北方地區，也謠傳是為了更進一步開發礦山。

與赫蘿相遇以來，羅倫斯儘管身為旅行商人，卻不斷被捲入金額高達幾千枚，甚至幾萬枚崔尼銀幣的誇張交易。羅倫斯已深刻體會到這些交易有多麼可怕，也親身體驗過在大量貨幣面前，人們的性命有多麼廉價。

儘管如此，羅倫斯兩人還是駕著馬車準備前往雷斯可。這是因為聽說有一支傭兵團的名字和赫蘿故鄉同伴相同，而這支傭兵團目前留駐在雷斯可。

與羅倫斯初相遇時，這個同伴的名字，時而會讓赫蘿因為在夜裡夢見其身影而哭泣。

因為已經拿到畫有通往約伊茲路線的地圖，所以羅倫斯兩人也可選擇先前往約伊茲。儘管如此，兩人還是決定先前往雷斯可。因為傭兵團就如彩霞，是一種不知何時會消失在世上的集團，所以既然知道了其下落，就應該先去相見。

更重要的是，還有一件非常令人掛心的事情。那就是以赫蘿故鄉同伴之名命名的傭兵團，與正在集中武力、打著某種如意算盤的德堡商行有所關聯。光是試著想像德堡商行的打算，擔憂就跟著一湧而出。萬一錯身而過，別說是想置身其中，就連想得知來龍去脈都很困難。在帕斯羅村度過的幾百年時間，讓赫蘿學會了這樣的道理。

因此，兩人決定先繞道拜訪雷斯可。不過，雖然兩人一路走來也經常繞道前往各地，但這次的繞道似乎太充滿緊張感了。

或許是這樣的緣故，與寇爾道別並正式做起前往雷斯可的準備時，赫蘿就變得不多話，也經常關在旅館房間裡。

雖然羅倫斯試圖讓她打起精神，卻一再碰了釘子。
說起來，有一部分也是因為羅倫斯不知道應該說些什麼。
不過，最大的原因並不在此。
「啊啾！」
輕輕一道噴嚏聲傳來，跟著聽見「唔……」的呻吟。
不管多麼微弱的聲音，都逃不過赫蘿的耳朵；就算已經沉沉睡去，赫蘿也會像身經百戰的傭兵一樣，立刻察覺敵人的蹤影。但除非有其必要，否則赫蘿大部分的時間，幾乎都表現得像一隻被寵壞的小狗。
此刻也一樣。赫蘿似乎是在打呵欠，抱住棉被，還縮起身子不停微微顫動。
如果打算睡回籠覺，赫蘿會就這麼不動，但她此時翻了身，看來似乎有想要起床的意思。赫蘿慢吞吞地動來動去一陣子後，不出所料地從被窩當中探出了頭。
「水。」
這位公主頂著一張因為剛起床而腫脹的臉，喃喃說道。羅倫斯見狀，立刻像個男僕一樣，奉上裝了水的皮袋。
「這般景色……還會持續好一陣子嗎？」
羅倫斯聽說這一帶地區都是一片平地，所以行程上毫無阻礙。如果要說會遇上問題，那就是

由於雷斯可位於通往在北方延伸開來的山脈入口，所以極可能遇上下雪。不過，因為今年的雪量很少，就算碰到下雪，想必也不會造成麻煩。

「啊，嗯嗯。」

不過，羅倫斯之所以回答得有些含糊，絕不是因為期待自己的答案具有正確性；也不是因為他伸手接過水袋時，看見把手肘倚在駕座後方的邊緣上，悠哉眺望著景色的赫蘿，而為此分神。

而是因為羅倫斯回過頭時，看見赫蘿面無表情，猜不透她在想什麼所致。

事實上，這幾天羅倫斯一直無法掌握赫蘿內心的想法。他甚至判斷不出赫蘿有沒有在生氣。

在雷諾斯遭到赫蘿狠狠一擊的記憶仍歷歷在目。對一個男人來說，當時在那人煙稀少的小巷子裡所發生的事情，肯定會讓他後悔一輩子。

不過，羅倫斯真的很在乎赫蘿，而且片刻也不願意離開赫蘿身邊。更何況赫蘿也說過，她的想法與羅倫斯差不多。羅倫斯承認自己確實有些太得意忘形，也有些沖昏了頭。但是，赫蘿當時的反應真的讓羅倫斯很開心。或許是身為旅行商人所致，在得到確實的答覆後，也讓羅倫斯消除了所有因為得不到答覆而無法信任的想法。

正因為如此，更讓羅倫斯無法接受赫蘿的態度。

既然已經知道彼此的心意，為什麼那時候還會遭到赫蘿拒絕呢？

如果有人經過，憑赫蘿的耳力一定會發現，最早提到「如果同樣是人類模樣也不是不能在一起」的人，也是赫蘿。兩人當時甚至沒有吵架。

明明沒有任何不合邏輯的地方，那到底是哪裡出錯了？

而赫蘿在給了羅倫斯重重一記後，卻是心情極佳。

羅倫斯完全無法理解赫蘿的用意，甚至覺得恐怖。羅倫斯因此掌握不到與赫蘿間的距離感，赫蘿也變得像戴上假面具似的，不再露出帶有感情的表情。

就算是現在這個瞬間，羅倫斯也隱約感覺到赫蘿在眺望景色的同時，不知為何散發出不悅的氛圍。

羅倫斯完全是無計可施。

「到城鎮要花上幾天來著？」

由於腦中一片混沌，羅倫斯這次回答得慢了些。

「咦？呃、喔，大概要六天左右吧。」

到雷斯可的路途上不會遇到村落或城鎮。事實上，赫蘿保持人類模樣時，體力也會變得和普通女孩一樣。所以，對赫蘿來說，想必會是一趟稍嫌漫長的行程。

赫蘿沒有嘆息，而是不耐地吐出舌頭。因為四周只是綿延不斷的平原，所以羅倫斯也不是無法理解赫蘿吐舌頭的心情。

「那城鎮熱鬧嗎？」

對赫蘿來說，這比什麼事情都重要。如果是個熱鬧的城鎮，就能夠享用佳餚和美酒。如果是個樸實的村落，三餐不過是旅行的延續罷了。

由於此行可能會碰上掌控雷斯可的德堡商行，而羅倫斯從以前就非常在意這家商行，所以對羅倫斯來說，能把雷斯可調查得愈詳盡愈好。

然而，不知道怎麼搞的，當羅倫斯正式調查起城鎮狀況時，卻處處碰壁。因為實際去過雷斯可的人很少，所以羅倫斯沒能夠打聽到城鎮的詳細狀況。

和傭兵做生意的雜貨商費隆，儘管因為其職業使然而掌握得到什麼地方的傭兵去了何處，卻無法連傭兵們前往的城鎮狀況都確實掌握。他頂多只能夠提供「聽說很熱鬧」的情報而已。最後羅倫斯在城鎮裡四處奔波，好不容易才向幾名旅人，以及在河川上南北穿梭的船夫們打聽到相關情報。羅倫斯一直反覆聽到的內容也是「雷斯可是一個非常熱鬧的大型城鎮」。那麼，是怎麼樣一個熱鬧法呢？雖然羅倫斯想要這麼繼續打聽，但很遺憾地，船夫們的工作是負責搬運貨物，不像羅倫斯的工作是必須仔細觀察城鎮的狀況。就連在雷諾斯經營生意的人們，也表示雷斯可是一個搞不太清楚在做什麼的城鎮。

這可能是因為德堡商行的行商方針，就是只在北方地區完成所有日常用品的交易。而且，德堡商行主要是以貴金屬類商品的生意為主，那並不是會賣給一般市井商人的商品，其生意規模也不小。

這麼一來，與外地的交易自然會愈變愈少，而且對一般城鎮的居民來說，搭馬車要花上長達六、七天時間才能夠抵達的地方，就宛如世界盡頭般遙不可及。

讓羅倫斯感到在意的一點是，拜訪過雷斯可的人們都異口同聲地誇獎雷斯可。愈是強權又冷酷的國王，城鎮居民愈會因為害怕過了頭，而讚美國王。

為了攻下北地，德堡商行甚至打算買下如赫蘿般古老存在的遺骨，而雷斯可是這般強勢商行建立王國的城鎮，就是有隱情也不足為奇。

「我聽說是很熱鬧，不過……或許是指在北方地區之中，算是很熱鬧的意思吧。」

不過，羅倫斯慎重地做了回答。

或許是看不慣羅倫斯的小心翼翼，赫蘿高高揚起一邊眉毛，一臉懷疑地反問：

「什麼意思？」

「如果到了雷斯可，就會完全超出普羅亞尼的領域。」

羅倫斯說到這裡之所以停頓下來，並不是要赫蘿靠著這句話去理解一切的意思，而是因為羅倫斯伸手去拿放在他正後方的麻袋。

「妳不是看過這些了嗎？」

麻袋裡裝了十四只塞滿貨幣的小袋子。在旅館覺得太無聊時，赫蘿會拿出貨幣端詳，或是用手指彈起貨幣玩耍。

「我到兌換商那裡換錢後，才知道光是主要流通的貨幣就有這麼多種類。北方地區的權力切割比這一帶分得更細。所以沒辦法繼續只靠著這枚貨幣搞定一切。」

羅倫斯從荷包裡拿出無論去到哪個城鎮，大多能夠使用的崔尼銀幣給赫蘿看。

「如果貨幣的種類太多，有時候對方會不願意接受沒見過的貨幣，兌換也比較費工夫。也就是說，做起生意來會很辛苦。然後，做生意很辛苦就代表著商人的人數很少——這意味著客人很少，也意味著娛樂很少。人們經常會說貨幣的種類愈多，造成頭痛的原因就愈多；我兌換來的那些貨幣當中，也有好幾種是我不曾看過的貨幣，根本搞不太清楚兌換商有沒有以正確行情兌換給我。與其被接踵而來的不安折磨，不如到其他地方做生意——大家應該都會這樣想吧？」

聽到羅倫斯的話語後，赫蘿同意地點了點頭。

如果是這一類的對話，羅倫斯也能夠保持冷靜地面對。

因為金錢話題不參雜情感，所以談起話來也自在些。

「嗯，互動單純一些，的確比較好唄。」

赫蘿冷漠地說道，然後慢吞吞地鑽進了被窩底下。

雖然覺得赫蘿話中有話，但羅倫斯不敢隨便打草驚蛇。

羅倫斯再次面向前方，然後無意識地摸了摸被赫蘿用力甩了好幾次巴掌的臉頰。

離開雷諾斯後，有好一段時間，羅倫斯與赫蘿之間還是有著疙瘩。

這樣的狀況一直到了第四天後，才好不容易恢復原本的互動模樣。

不過，兩人並沒有特地交談過，也沒有把問題解決。

純粹是因為在旅途疲累之餘，開始覺得沒必要計較一些無關緊要的瑣事。

第四天的傍晚時分，赫蘿不知道打算看什麼而與羅倫斯視線相交時，表情不悅地嘆了口氣。

羅倫斯猜想，赫蘿八成只是覺得繼續意氣用事下去很麻煩而已。至少赫蘿應該知道，羅倫斯能夠主動開口說些什麼的可能性極度渺茫。

赫蘿做出了符合賢狼作風的賢明判斷。

所以，用餐時雖然感覺得到仍有些疙瘩存在，但赫蘿難得主動開口要求吃更多肉。羅倫斯幫赫蘿盛了大量的肉後，赫蘿雖然面有菜色，耳朵卻看似開心地微微顫動著。

不過，赫蘿似乎也是因為有所意圖，才會主動讓步。

當兩人天南地北聊了一會兒，彼此之間的不自然感覺開始散去時，赫蘿在隨著風兒強度時而飄來雪花之中，靜靜切入了話題。

羅倫斯露出看見野兔慢慢走近而不敢驚動野兔似的模樣，靜靜回答：

「繆里……傭兵團的情報？」

「……嗯。」

赫蘿一邊用力咬著木湯匙，一邊注視著火堆答道。

赫蘿肯定很早就想了解這件事情，但因為與羅倫斯之間的關係產生變化，所以遲遲沒有開口詢問。

羅倫斯咳了一聲後，盡力保持平常的態度回答：

「幾乎收集不到什麼情報。」

聽到羅倫斯的話語後，赫蘿沒有回答，只是輕輕點了點頭而已。

「聽說他們的成員最多也只有四十名左右，所以以傭兵團來說，算是規模比較小的。我問過德林商行，德林商行說他們似乎計畫在約伊茲近郊駐紮。聽說與繆里傭兵團的歷史相較，團長算是非常年輕。還有，他們的旗幟圖樣據說是對著天空吼叫的狼。」

「嗯。」

赫蘿若有所思地點了點頭。

羅倫斯咬著加在粥裡面的雞肉乾，發出「嘎吱嘎吱」的聲音。

這一次，赫蘿並不是在古老書籍、或是快被遺忘的傳說之中聽到故鄉同伴的名字。而是看得見，也觸摸得到，以活生生人們的名字存在。

比起期待感，赫蘿或許有更多不安或擔心。

赫蘿之所以遲遲沒有提出這個話題，說不定是受到這方面的影響較大，而不是因為與羅倫斯之間的距離感拉遠。

羅倫斯當然希望能傳達更多情報給赫蘿知道，但不知道的事情就是不知道。不過，身為一個旅伴，有責任讓易於陷入沉默的用餐氣氛變得熱鬧。

羅倫斯將硬得有如軟骨的雞肉咬碎吞下後，開口說：

「對了，還有啊。」

「嗯？」

低頭看著碗的赫蘿抬起頭來，一副有些期待的模樣看向羅倫斯。

「團長似乎的確是個優秀而勇猛的人。」

如果是以自己故鄉的同伴名字來取名的人物，任誰都會希望這個人物能配得上這個名字。

不過，就算不是赫蘿，也聽得出來這是再明顯不過的拍馬屁話語。

雖然赫蘿還是露出微笑表達感謝之意，但還是看得出苦笑的成分居多。

所以，羅倫斯立刻這麼補上一句：

「至於相貌……好像跟我差不多好看，不對，似乎是我略勝一籌。」

羅倫斯做作地撫摸下巴說道。事實上，羅倫斯這麼說並非完全在說謊，而是德林商行的埃林基開玩笑地說過這樣的話。

赫蘿停下吃飯的手，再度看向羅倫斯。那表情彷彿在說「汝這隻大笨驢突然說這什麼話」。

不過，當驚訝神情逐漸淡去後，赫蘿的耳朵和尾巴看似有些開心地擺動著。看見犧牲色相的羅倫斯，赫蘿別開視線好一會兒時間，不知道在思考著什麼。

最後，赫蘿深深嘆了口氣，並同時搔了搔耳根，然後一副疲憊的模樣笑笑說：

「哼。嚴格說起來繆里是屬於那種呆呆的長相，這點汝大可不必擔心。」

「那真是太好了。」

雖然赫蘿做出了回應，但仍然只是隔空交火罷了。

討好行動失敗了嗎？

羅倫斯在強裝的笑臉底下開始感到不安時，赫蘿接續說：

「汝覺得咱會是那種看外表選對象的人嗎？」

赫蘿願意有所互動了。

羅倫斯立刻回答：

「這是一定的吧。」

「如果是這樣，咱根本不會選汝，咱會選寇爾小鬼。」

赫蘿冷淡地一邊喝粥，一邊說道。不過，赫蘿還打算繼續說下去。

「要不然……嗯，有一次在不知道哪個城鎮，不是有個小毛頭瘋狂愛上咱嗎？」

「……妳是說阿瑪堤啊……」

「嗯，就是他。咱會選他。」

因為赫蘿是針對如此明顯的玩笑話做出回應，所以羅倫斯很難掌握赫蘿真正的想法。

不過，羅倫斯認為赫蘿應該多少帶點認真的成分。就是回顧起自己的記憶，羅倫斯也很少有過因為容貌而受到誇獎的經驗。

羅倫斯剛當上旅行商人時很窮，幾乎是穿著一身破布在做生意。那時候儘管羅倫斯的外表看起來髒兮兮，生意對象卻願意信任他的人格，把工作託付給他，而這也是讓他最開心的事情。也是這樣的生意對象，最能夠讓羅倫斯奮起想要回應對方的期待，並回報對方的信賴。

所以，赫蘿的話語讓羅倫斯感到很開心。

而且，做生意的基本就是，當對方的舉動讓己方開心時，就該禮尚往來。

「我會選妳也不是看外……表……？」

赫蘿看向羅倫斯，莞爾一笑。

赫蘿這拒絕接受發言的態度，讓羅倫斯閉上了嘴巴。

「大家向來只會說咱很可愛。」

的確，如果光是看外表，赫蘿的確是掛著如天使般的笑臉。

不過，羅倫斯不是這樣的意思。赫蘿不可能沒察覺到羅倫斯想傳達的意思，所以想必是刻意說出這種話。

儘管覺得赫蘿太狡猾，但因為許久沒看見赫蘿做出如此符合其作風的舉動，羅倫斯不禁開心地說：「您說的是。」

雖然赫蘿露出傻眼的表情，但最後還是看似愉快地露出微笑，並輕輕發出「呵」的一聲。

「不過，真的有可能在叫什麼雷斯可的城鎮見到面嗎？」

在羅倫斯趁著天色還亮，利用取來的河水清洗著餐具時，赫蘿靜靜地說道。因為生了火，所以此刻就算瞇起眼睛，也看不見流動的河水。不過，在這瞬間，河裡的河水確實仍潺潺流動著。

人們心中有好幾條像這樣的河川。

如果賢者見到這樣的河川，會在落水之前，先架起橋樑。

「如果在雷斯可見不到面，就會多一個尋找他們的樂趣。」

因為羅倫斯必須重回行商路線，所以所剩時間可說少之又少。如果在雷斯可沒能夠見到面，前往約伊茲途中又沒能夠見到面的話，羅倫斯根本沒時間重新展開尋找繆里傭兵團之旅。

赫蘿當然也明白。儘管如此，羅倫斯的話語似乎還是讓赫蘿耳根子發癢。赫蘿縮起脖子，一邊用棒子從火堆裡挖出燒得滾燙的石頭，一邊笑著說：

「嗯，樂趣愈多愈好。」

「不過，妳不用太擔心，應該是見得到面啦。」

赫蘿以符合賢狼的作風，表現出通達事理的態度。羅倫斯在這時立刻接續說道。

赫蘿先是愣了一下，跟著一副為自己上了當而感到懊惱的模樣露出笑容。

至於取代懷爐的熱石頭，赫蘿也淨是挑走一些大顆的石頭。

「咱氣得跑到其他地方去時，汝最好也敢誇口說去尋找咱是個樂趣。」

赫蘿揮去熱石頭上的灰，然後放進用三層麻布縫製、縫隙間塞了棉花的袋子裡，最後用力綁緊袋口。

看見赫蘿那動作，羅倫斯覺得好像自己的脖子被勒緊了似的，不禁僵住了笑臉。

不過，羅倫斯當然不願意就這樣豎起白旗。

「一定能夠感受到很多樂趣吧，畢竟到時候妳可能會餓著肚子哭泣。」

雖然耳朵抽動了一下，但赫蘿當然不會莽撞到因為這樣就生氣。

就在兩人互相意氣用事，並發出「呵呵呵」、「哈哈哈」的笑聲之中，夜也愈來愈深了。

馬車貨台上，兩人把裝進熱石頭的袋子抱在懷裡，背對著彼此睡覺。

不過，因為兩人背貼著背，所以連彼此的呼吸都感受得到。

當兩人開始分不清楚是對方的呼吸聲，還是自己的呼吸聲時，想必已進入了夢鄉。

距離德堡商行所在的雷斯可，剩下不到三天路程。如果加上前往約伊茲的路程，不知道還剩下多少天？

雖然不知道還剩下多少天，但至少像今天這樣的夜晚最輕鬆，也能夠不害怕地你一句我一句地罵來罵去。

白雪將平原染成一片白，而羅倫斯不需要靠著觀察雪地上的腳印多寡，也知道雷斯可近在眼前。因為在路上前進的旅人突然明顯增多了。

大部分的旅人身上都是裹著粗劣皮草，黝黑的臉龐讓人分不清楚是污垢，還是被雪地反射的陽光所曬黑。從這些旅人的長相裝扮看來，想必不是在城鎮裡從事大筆生意的人們，而是負責運送最低限度的維生物資到嚴酷地區去的人們。

當然了，當中也有打扮得非常貴氣，滿載著貨物並組成隊伍的商人們。不過，這些商人也不是使用馬車，而是在毛髮粗硬的騾子身上，綁上堆高如山的貨物，看起來像是習慣於走險路的一群人。

據說有好幾支傭兵團被號召到雷斯可，連北方地區的諸侯也到齊了。所以，羅倫斯以為通往雷斯可的路上，肯定是充滿戒備森嚴的氣氛。

然而，事實上的氣氛並非如此。雖然街道看似最近才建造好，但每條路都建造得十分堅固，不像為了行軍而勉強趕工的。羅倫斯原本抱著事到緊要關頭時，必須仰賴赫蘿耳力的心理準備，沒想到街道上根本感覺不到一絲動盪氣氛。

如果要說街道上充滿什麼氣氛，那會是藏了滿滿活力的氣氛。

這裡的街道散發出通往商業活動頻繁的城鎮、彷彿說著「正準備去大賺一筆」似的氣氛，讓身為商人的羅倫斯就快身陷其中。

山雨欲來的北方偏僻城鎮——

羅倫斯一直以為雷斯可是一個這樣的城鎮。

「大家好像都幹勁十足的樣子吶。」

或許是因為滿心期待著可能與繆里見面，赫蘿這幾天一直輾轉難眠。這樣的她一邊稍微拉高音調，一邊說道。

「而且是跟想像中不同方面的幹勁。」

羅倫斯一直以為德堡商行打算憑著掌握大礦山地帶的經濟力，侵略北方地區。照理說，戰爭會使得商人遠離，只有思想有些瘋狂、一心只想要大翻身的商人才會前往戰場。

「不過，去了就會知道狀況吧。」

都已經來到了這裡，羅倫斯也只能夠這麼說。羅倫斯握緊韁繩，以比平常快了一些的速度駕起馬車。

身旁的赫蘿顯得不鎮靜地點了點頭。

姑且不論羅倫斯，赫蘿面對可能與好幾百年不見的同伴見面，也會感到緊張。在這種時候，羅倫斯更應該表現得穩重一些。

羅倫斯這麼想著，並思考「應該怎麼做才好。應該說什麼話好呢？還是應該說笑話來分散赫蘿的注意力呢？」

不過，這時候無論是說話或說笑話都顯得太過刻意，羅倫斯不認為自己能夠把話說進她的心坎裡。

生意手腕姑且不論，羅倫斯自知只要沒生意可做，自己就只是個遲鈍且口才又差的鄉巴佬。所以，儘管腦中閃過雷諾斯掌摑事件的畫面，羅倫斯還是決定做自己作得到的事。

做了一次深呼吸後，羅倫斯隔著手套握住了身旁赫蘿的手。羅倫斯一副彷彿在說「別擔心」似的模樣稍微加重力道。說到赫蘿，她當然是驚訝地看向羅倫斯，然後直直盯著自己被羅倫斯握住的手。羅倫斯則是抱著可能挨打的心理準備，拚命看向前方，等著隨時可能揮來的拳頭。

然而，赫蘿沒有動靜。對於抱著豁出去心態的羅倫斯來說，赫蘿的這般態度反而讓他覺得時間變得漫長難熬。

不過，當赫蘿再次注視羅倫斯的側臉時，臉上浮現了溫柔的笑容。那笑臉甚至帶著有些受不了的感覺。

或許赫蘿是受不了自己竟然緊張到需要羅倫斯來安慰。畢竟她不是如其外表般柔弱的女子。

儘管如此，赫蘿還是反握住了羅倫斯的手。

雷斯可是掌握大礦山地帶的德堡商行所在地。

德堡商行的規模之大，就連羅恩商業公會設置在凱爾貝的洋行幹部——基曼，也說過千萬碰不得。

雷斯可慢慢出現在道路前方。

來到城鎮裡——而且是在馬路中央，羅倫斯不禁驚訝地發愣。

這麼說或許有些誇大，但羅倫斯確實環視了四周好幾遍。

首先，雷斯可沒有城牆。當羅倫斯納悶地想著怎麼還沒抵達城牆時，已在不知不覺中走進了城鎮。

還有，就連「礦物商肯定是位於礦山附近」的想法也錯了。雖然這裡的確距離礦山只差一步之遙，但雷斯可是個與礦山特有的嘈雜氣氛或苦悶感無緣的城鎮。

而且，雷斯可絕非小型城鎮，甚至算是大型城鎮。

雷斯可也有許多氣派的建築物，雖然沒有用石板鋪成道路，但地面滿滿嵌入切成一半的圓木頭。因此，當人們或馬車在路上穿梭時，就會傳來獨特的叩叩聲響。照理說，街道要做到這般維護，每幾年就必須費工夫全面重新鋪上木頭。雷斯可明明沒有設置城牆，要如何徵收維護道路的費用呢？還是說，這些費用是由沿路的店家負責呢？不管費用是由誰負責，雷斯可就連通往深處的偏僻小路，也維護得十分整齊。

此外，這裡的人們臉上充滿活力，根本沒有一絲即將發生戰爭的感覺。要不然就是雷斯可已經打了勝仗。

「汝啊，真的是這個地方嗎？」

羅倫斯也能夠明白赫蘿會想要這麼詢問的心情。

如果把一路打聽來的情報綜合起來，雷斯可應該是北方地區利慾薰心的人們，經過多次利慾薰心的密談後，準備讓這塊土地陷入騷亂與恐怖深淵的罪惡礦山街。

結果事實如何呢？

每家商店敞開的屋簷下擠滿了貨物和客人，建築物旁也可看見樂師、吟遊詩人或小丑等表演者各自展現著才藝，並且有眾人圍繞在他們四周。

街上也不是沒看見穿著武裝的人們。不過，這些人非但沒有拿著掃興的長槍等武器，取而代之的是坐在大白天就提供酒給旅人的酒吧裡玩牌。街上也可看見聖職者到處走動，但淨是一些打扮高雅的聖職者，完全感受不到即將踏上嚴酷傳教之旅的氣氛。

這到底是怎麼回事呢？

來到行人較少的地方後，羅倫斯暫時停下了馬車。

「好像很和樂融融的樣子吶。」

赫蘿靜靜地說道。

「咱們幹勁十足地來到這裡，現在感覺卻像個傻瓜。」

雖然不想承認，但赫蘿說的話確實有理。

不過，這也有可能只是表面上的假象。

「汝打算怎麼做？」

聽到赫蘿這麼詢問，羅倫斯重新打起精神說：

「那還用說。既然來了，就要完成目的。不是嗎？」

或許是因為羅倫斯刻意加強語氣，赫蘿有些驚訝地睜大眼睛後，吃吃地笑了笑，並微笑著點了點頭。

德林商行以及專門與傭兵做生意的費隆分別寫了介紹信，兩人拿著介紹信，朝向對方介紹的旅館前進。長久以來，德林商行一直與繆里傭兵團有所來往，照德林商行所說，繆里傭兵團整團都在雷斯可的旅館逗留。據說規模較小的傭兵團因為不知何時將遭到領主或其他武力集團襲擊，所以會逐一通知交易對象其逗留地點。

據說他們這麼做的原因是，如果交易對象還有意願繼續做生意，或許會在政治面上或金錢面上提供他們援助。

另外，如果交易對象是像德林商行那樣買賣奴隸的組織，自然很容易取得來自權力機構的情報。傭兵團會通知其逗留地點，或許也帶著「若有新工作，還可以請對方介紹」的業務性用意。有酒就喝，有東西就買；雖然傭兵團看似過著隨性的生活，但其統率者似乎跟商人沒太大差別。

雷斯可的規模很大而且也很熱鬧，再加上可能是因為沒有設置城牆，所以每棟建築物都建得十分廣闊。

羅倫斯兩人一邊向路上行人問路，一邊前進後，抵達了旅館。這家旅館的馬廄也十分寬敞，雖然收納了用來搬運傭兵團行李的馬匹和馬車，但仍有足夠的空間可供使用。乍看之下會覺得旅館是在濫用空間，不過看到嵌了小片玻璃、大小適中的旅館大門，就又覺得並非如此。

負責帶路的小伙子看出羅倫斯是前來拜訪這家旅館的客人後，沒有特別詢問什麼，便立刻表示要代牽馬車轠繩。小伙子會有這般舉動，不知道是因為客人進出頻繁，還是把這般貼心表現視為理所當然的行為。

羅倫斯猶豫了幾秒鐘不知道該不該託付馬車，但他知道如果這時表現得太膽小，只會讓原本就很緊張的赫蘿更加不安。

為了充分表現出從容態度，羅倫斯走下駕座，並大方給了小費。

「老闆，我會好好看管您的馬車。」

小伙子看起來只比寇爾年紀大一些，但不管是發音、笑臉，以及應付馬兒的手法，都表現得可圈可點。

不過，從髮色以及眼睛顏色判斷，小伙子似乎不是出生於這一帶。感覺上像是從更偏向南方的某地來到這裡的孩子。

因為具有旅行商人的習性，羅倫斯來到第一次拜訪的城鎮時，總會很在意各種事情。如果這個城鎮還散發著預期之外的氣氛，更是會讓人想要一探究竟。

不過，此刻應該優先拜訪繆里傭兵團。

雖然繆里傭兵團是以赫蘿故鄉同伴的名字命名，但也不是不可能只是名字偶然相同。或許傭兵團的創立者純粹只是因為聽到繆里的故事，而覺得這個名字正好可以用來命名也說不定。

對一般商人而言，傭兵就是商人的天敵。

比起面對專門從事傭兵生意的雜貨商費隆，此刻的緊張感猶勝當時。

羅倫斯緩緩吸了一大口氣，再緩緩吐出氣。

赫蘿一直用右手抓著自己的胸口。

「走得動嗎？」

聽到羅倫斯這麼詢問，赫蘿動作僵硬地看向羅倫斯，然後回了句：「汝才走不動唄。」

既然赫蘿還有餘力挖苦人，就表示沒事。

羅倫斯先隔著衣服確認書信在衣袋裡，然後緩緩打開了旅館大門。

打開大門後，隨即傳來鈴鐺聲，那聲音聽起來與綁在牛脖子上的鈴鐺聲一樣。旅館一樓是酒吧，裡頭擺設了好幾張圓桌。其中有三張圓桌坐了人。不需要多看捲起的衣袖或臉上傷疤，光是觀察他們散發出來的氣勢，就能明白酒吧裡的人淨是傭兵。

不過，他們沒有每個人都以銳利的眼神掃向這裡，就是被勾起注意的人，也都立刻不感興趣地回到桌上閒聊，或玩老舊的牌。

一名打扮看似商人的男子，從椅子上站了起來。

「有什麼貴事嗎？」

男子的外表看起來明明是一個體格與羅倫斯差不多的普通青年，他的手卻像用榔頭不斷敲打過的皮革一樣粗厚。男子顯然是在戰場上牽著馬兒拉動行李，負責看管傭兵行李的運輸服務隊。

而男子的藍眼睛之所以犀利地交互看著羅倫斯與赫蘿，想必是以為兩人可能是前來妨礙生意的人。

「我聽說繆里傭兵團的成員們在這裡投宿。」

聽到團名後，在場所有人都有所反應地豎起耳朵。

大家原本在閒聊或動作身體而產生的輕微嘈雜聲，瞬間停了下來。

赫蘿或許是因為也跟羅倫斯一樣地緊張，一直維持低著頭的姿勢。

「是這樣沒錯……您是來推銷？」

男子瞟了一眼赫蘿後，說出這般話語。

的確，如果帶著女子來到傭兵團所投宿的旅館，可能推銷的商品自然有限。

「不……其實我是從雷諾斯的德林商行那裡聽到消息。」

羅倫斯一邊說話，一邊從衣服內側取出書信。然後，羅倫斯讓對方看了一眼紅色蠟印，便立刻收起書信。這般舉動是在暗示「我要找地位高的人」。

看似商人的青年稍微挑眉，並揚起一邊嘴角。羅倫斯說出德林商行名字的那瞬間開始，就引起了在場所有人的注意。

「團長呢？」

青年一邊看著羅倫斯，一邊稍微回過頭詢問。

青年得到的答案是「如果要找參謀，應該在二樓」。

青年的藍眼睛沒有離開過羅倫斯一秒鐘。

「團長正好外出，只有參謀在。」

不管是什麼樣的組織，想要陳情時，首先就是要找地位最高的人。

如果目的是要拜見團長，更是如此。即使團長願意與任何人見面，部下也未必會輕易放行。

羅倫斯猶豫了一下，但若這時候太固執，到頭來如果繆里傭兵團與赫蘿的故鄉一點關係都沒有，有可能會讓事態變得複雜。

看見羅倫斯點了點頭後，青年一邊說：「請跟我來。」一邊準備轉身。

在這瞬間，大家忽然抬起了頭。

「啊！」

雖不確定青年實際上是否發出了聲音，但看向羅倫斯的後方後，青年像是瞠目結舌般張開了嘴。然後，就在羅倫斯轉身看向後方之前，坐在椅子上的所有人都站起身子。鈴鐺聲隨後傳了過來，青年當場挺直背脊，圓桌前的每個人也做出了相同動作。

羅倫斯轉身後，看見一名男子打開大門走了進來。嚴格說起來，男子的個頭算小，擁有一頭短髮以及銳利目光，並且散發出介於青年與少年之間的奇妙氣息。

「嗯？怎樣？」

男子的聲音沙啞，讓人聽了不禁覺得喉嚨都為之乾涸，甚至有想咳嗽的衝動。

男子身上雖然穿著重視實用性的服裝，但由於披掛不少皮草，所以一眼就能看出他的身分不俗。最明顯的地方是，男子身上披著只有真正的貴族——或愛慕虛榮的傭兵才會穿的長下襬、幾乎就快碰到地面的大外套。

「喲？推銷東西啊？不過是修女啊？這可能得考慮一下喔。」

男子在臉上浮現凶狠中帶點可愛、如動物般的笑容說道，然後忽然伸出手扶住赫蘿的下巴，讓赫蘿抬起頭來。看見男子熟練的手勢，羅倫斯瞬間讓自己徹底變回商人。

「您應該就是繆里傭兵團的團長大人吧。」

羅倫斯露出不見一絲陰霾的笑臉，鞠躬說道。

如果說放出殺氣和拔出長劍是傭兵的備戰姿態，那麼面帶笑容、從衣服內側取出書信，就是商人的備戰姿態。

「嗯，正是……嗯？德林商行的信？」

男子保持扶住赫蘿下巴的姿勢，在看見書信蠟印的瞬間，似乎理解了自己搞錯兩人的來意。

在那之後，男子有些慌張地從赫蘿的下巴鬆開手。那模樣還嗅得出天真少年的氣息。

「什麼嘛，怎麼不早說呢，害我以為你們肯定是來推銷的。真是失禮了。也對，如果這位姑娘是賣身女，也未免太美了。」

明明散發出粗野的感覺，男子的笑臉卻顯得恰如其分。

男子為自己的失禮而朝向赫蘿致歉的笑臉上，散發著在慾望漩渦裡殺出一條血路的人們所特有的穩重感。

見赫蘿的表情沒有變化，繆里傭兵團的領導者顯得有些困惑地停頓了一下，但在戰爭前後的政治拉鋸戰上，男子肯定見識過更多尷尬的場面。男子依舊保持沉穩笑臉，重新面向羅倫斯說：

「有什麼事呢？我正是繆里傭兵團的魯華．繆里。」

在道出姓名的同時，男子發出「啪唰」一聲揮開外套，並單手叉腰，這般舉止像極了傭兵的作風。

男子挺起胸膛的模樣也十分有模有樣。

不過，在羅倫斯眼裡，魯華．繆里看起來就如其外表一樣年輕。

的確，很多時候羅倫斯也會忍不住覺得赫蘿就像其外表一樣稚氣，但魯華看起來就像一個平凡的人類。

在羅倫斯發現自己會對魯華有這般印象，是因為看見魯華面對赫蘿，卻絲毫沒有改變態度之後——他的身旁傳來「滴答」一聲。魯華似乎也聽見了聲音，並且以為是漏雨而張開手掌仰望起天花板。

羅倫斯轉動視線看向赫蘿。

赫蘿依舊面無表情，但臉上卻流下淚水，並且在羅倫斯看向她的瞬間開口說：

「爪子……」

赫蘿完全沒有理會四周露出懷疑表情的人們，只喃喃說出這麼一句。

羅倫斯轉頭看向魯華的胸前。

魯華胸前掛著看似牛角的深黑色墜飾。

羅倫斯本以為那墜飾應該是傭兵們經常為了鼓起勇氣或祈禱勝利，而戴在身上的吉祥物，卻發現赫蘿的目光直盯著墜飾不放。

而魯華．繆里聽到赫蘿的話語後，突然臉色大變，這樣的反應讓羅倫斯明白了赫蘿的話語具有重要含意。

「妳知道這是爪子？」

魯華一說完，赫蘿便用力點了點頭。

在那瞬間，淚水再次滴落。

這般哭法是如赫蘿外表般的少女哭法，但絕非喜極而泣。

羅倫斯介入魯華與赫蘿之間，並抱住赫蘿的肩膀。

然後，羅倫斯回過頭打算向魯華解釋，但被制止了。

「到裡面談。」

傭兵團團長拋下這句話，推開搞不清楚到底發生什麼事而一直在旁觀察著的商人裝扮青年，並向前走去。

沒有人插嘴說話。

就連羅倫斯也愣在一邊。這時，準備踏上最裡面階梯的魯華，總算回過頭這麼說：

「我有事情要問你們。」

一股不好的預感湧上羅倫斯心頭。

但是，此刻想要拒絕也難。

如同貴族世家會有的狀況一樣，延續好幾世代的商行或組織，很少看見最年長者就是地位最高者。大部分的狀況都是——讓主人出生前就在該商行或組織服務的長者，陪伴在主人身旁。

繆里傭兵團也不例外。被稱呼為參謀的男子，是一名把銀絲般的美麗銀髮剃短，有著從鬢角一路留到下巴的濃密鬍鬚的壯漢。

「我也一樣嗎？」

等魯華回到房間後，參謀想必有很多事情想要向他報告。原本在房間前方不知忙著交代小伙子什麼事情的參謀，聽到突來的離席命令而驚訝不已。

「沒錯。不准有任何人上來這一樓。這間房間上下樓層的人也給我清空。」

雖然魯華的強勢語調顯得有些傲慢，但也散發著不容分說的氣勢。羅倫斯聽說過發出命令時如果有所猶豫，很多時候會導致部隊全員陣亡的慘劇。

擔任參謀的壯漢雖然明顯露出不滿表情，態度卻與表情相反。參謀伸直背脊轉過身子，跟著一邊說：「遵命。」一邊走出房間，然後大聲對著小伙子發出命令。

房間內放滿各式各樣的物品，顯示魯華等人駐留已久。雖然幾乎所有物品都是為旅行所準備的東西，但也有大量想必是與各地權力人士談判的成束文件和羊皮紙束。讓羅倫斯感到意外的地方是，還看見了幾本騎士文學書。羅倫斯還以為真正在刀劍盾牌世界裡生活的人，根本不會讀什麼騎士文學。發現羅倫斯的視線後，魯華坐在椅子上露出笑容說道：

「畢竟總不能一邊喝酒，一邊指揮嘛。為了讓人揮去恐懼並鼓起勇氣，書本裡的英雄故事最好用了。」

此刻在羅倫斯眼前的，是率領整個團體的領導者。

「好了，應該差不多了。」

相信部下的工作效率，似乎也是優秀主人具備的資質。

剛坐下不久的魯華又忙碌地從椅子上站起來，並打開原本半敞開的木窗看向窗外。魯華應該不至於誇張到去確認有沒有人在窗外偷聽，但似乎有些神經質。

雖然很冷，但魯華沒有關起木窗的意思。

這樣的舉動彷彿在說「如果沒有讓一切暴露在陽光下，緊張的情緒就會太緊繃」似的。

羅倫斯握住了赫蘿的手。

然而，與其說是想要鼓舞赫蘿，羅倫斯這麼做是為了不讓自己被緊張感吞噬。

「妳怎麼知道這是爪子？」

魯華握著掛在脖子上當項鍊、看似牛角的黑色墜飾，這麼切入話題。

魯華翻動了一下正反面後，羅倫斯發現那是被切成了一半的墜飾。

以裝飾品來說，眼前的墜飾體積過大而顯得有些俗氣。如果羅倫斯伸直手掌來測量，黑色墜飾差不多有中指到掌心中央的大小。地位高的人不喜歡低俗的裝飾品，而且，裝飾品愈小，就愈顯得高貴。

「味道。」

赫蘿簡短地答道。

魯華凝視著赫蘿，然後點了點頭。

「你們看起來不像很有錢的商人。抱歉，我說話太直了。不過，德林商行比我們更計較損益計算，而且連那位有名的費隆雜貨商也寫了介紹信……你們到底是何方神聖？」

魯華當然會有這般疑問。

羅倫斯沒有特別做深呼吸，打算說出準備已久的話語。

赫蘿的短短一句話打斷了他的行動。

「汝在哪裡拿到那爪子的？」

羅倫斯不禁迅速鬆開了赫蘿的手。

幾乎在無意識下鬆開赫蘿的手後，羅倫斯才察覺到一件事實。

赫蘿的口吻十分平靜，甚至有些冷漠。赫蘿微微低著頭，那模樣看起來真的就像被人買走不久、為自己的遭遇感到意志消沉的可憐少女。

然而，赫蘿散發出的情緒是憤怒。

如果對方說出的答案不中聽，恐怕不會讓對方平安脫身。

面對赫蘿藏著這般決心的憤怒情緒，魯華當然沒有顯得畏懼。

「妳是在問我這東西的來歷嗎？」

不少傭兵團的領導者是真正的貴族。要想統率一些流氓地痞，起碼要有過人一等的權威與金錢。據說也有從盜賊變成傭兵的例子，但大多狀況都是以金錢來雇用人，並組成幫派，最後演變成傭兵。

也就是說，繆里的傲氣可能會是常人的兩倍。

一個是來自血統，另一個是身為統領流氓們的首領而有的高傲氣質。

雖說對象只是個少女，但魯華的傲氣之高，有可能無法忍受他人對自己投射怒氣。

羅倫斯思考著該不該插嘴。赫蘿想必不會懂人類世界的細枝末節，就算懂，現在也不是在意這些事情的時候。

「妳有什麼目的？」

然而，魯華沒有生氣。

相對地，他露出犀利目光看向赫蘿。

魯華不是看向羅倫斯，而是看向外表跟修女沒什麼兩樣、身材纖細的赫蘿。

也許是多心，但羅倫斯覺得魯華似乎壓低了身子。

「快回答！」

一時之間，羅倫斯分不清楚說話的人是誰。

說出這話的是赫蘿，而下一秒鐘，魯華以迅雷不及掩耳的速度拔出了長劍。

「那是我要說的話。」

長劍掛在赫蘿的脖子上。劍風遲了一步吹來，可見魯華的劍術高超。

赫蘿的頭仍掛在纖細頸部上。這是因為魯華的脾氣不至於那麼急躁嗎？

羅倫斯這麼想著，但事實告訴他不是這麼回事。

「快回答！」

赫蘿又重複了一次。

魯華的劍梢明顯抖動了一下。
被對方氣勢壓倒的人是魯華。
方才還在樓下流淚的女孩，此刻不畏眼前的長劍，咄咄逼人地追問著。
光是這樣的表現就十分詭異。
再加上對魯華而言，掛在其脖子上的爪子似乎也不單純只是裝飾品。
魯華看著赫蘿，同時用另一隻手緊緊抓住爪子。
最後魯華終於把視線移向自己的胸前，而這肯定就跟動物互瞪後別開視線的舉動沒兩樣。
「妳似乎是誤會了。這不是我搶來的東西。」
魯華一副表示投降的模樣抽回長劍，同時用手指勾起綁住爪子的繩子，輕輕舉高爪子。
堂堂傭兵團的團長，不可能願意對一個少女做出這般舉動。
魯華的應對態度，簡直就像知道赫蘿藏在兜帽底下的模樣一樣。
「這是我父親留給我的。」
魯華接續說道。
在這之後魯華停頓了一下，似乎是刻意留時間讓赫蘿有機會插嘴。
「我父親又是從他父親手中拿到的。」
赫蘿抬起頭，看著魯華說：

「繆里這個名字呢？」

羅倫斯看見魯華稍微撐大了鼻孔。

這般反應像是在生氣，也像是感到驚訝。

羅倫斯條件反射地打算插嘴說一些常識性話語。

然而，此刻的局外人是羅倫斯。

「別擔心。我沒有在生氣。」

光以視線的餘光，魯華似乎就掌握住羅倫斯的一舉一動。魯華朝向羅倫斯張開手掌心說道。

當然了，魯華的視線依舊在赫蘿身上。

魯華凝視著赫蘿。那模樣也像是在尋找著什麼記憶。

然後，魯華以像在安撫憤怒狼隻似的態度，慎重且充滿敬意地這麼說：

「方便請教妳的名字嗎？」

以問句回答問句。

如果是在平常，赫蘿可能會因此而生氣，但在此時此地，魯華的問句代表了其他意思。

魯華透過言外之意給了赫蘿答案。

也就是以對赫蘿表示敬意，來回答她的問題。

「赫蘿。」

聽到這短短的兩個字後，魯華用力皺起眉頭，讓眉毛都變成了八字眉。而羅倫斯之所以吃了一驚，是因為看見魯華接著咧嘴露出牙齒，並拍打了自己的額頭。

「天底下居然真的會有這檔事？」

魯華的大音量讓房間裡的文件紙角都為之震動。不愧是在大草原上鼓舞、指揮傭兵的人物，其聲音直接撼動了羅倫斯的五臟六腑。

因為耳力好，所以理應會害怕聽到巨響的赫蘿，卻是動也沒動一下。

赫蘿表現出穩若泰山的穩重感。

看見赫蘿的表現，羅倫斯總算察覺到了一件事實。

魯華・繆里是真正擁有繆里之名的人。

但是，其名是遺物。

「巴羅、基里斯、悠椰、英堤、沙里耶名。」

魯華接二連三地說出幾個名字，其中也包含了羅倫斯曾經聽過的名字。

赫蘿的表情逐漸變得扭曲。嘴唇也顫動了起來。

就連魯華也像哭喪著臉般皺起臉龐。魯華沒出聲地動著嘴巴說：「難以置信。」

「……我不知道從父親口中聽了這些名字多少遍。」

傭兵團團長緩緩開口說出了這般話語。

「父親從祖父口中聽了這些名字更多遍。」

魯華走近赫蘿，並牽起赫蘿的小手。

赫蘿回望著魯華，並脫下了兜帽。

在雷諾斯聽到繆里傭兵團的名字時，羅倫斯明顯感覺到嫉妒。

繆里與赫蘿在相同時代出生，在相同地方生活，至今仍讓赫蘿掛念不已，其存在甚至讓羅倫斯感到厭惡。

然而，世上幾乎沒有因為嫉妒而帶來好結果的例子。

嫉妒頂多只會帶來後悔，就是現在這個瞬間也不例外。

看見赫蘿的耳朵後，儘管瞬間顯得畏縮，魯華還是以符合傭兵的作風，咬牙撐了過去。魯華握住赫蘿的手，並用雙手緊緊包住後，取下掛在脖子上的黑色爪子，拿在手上說：

「這是我們傭兵團創設之際，當時的團長所收下的東西。」

赫蘿接過了黑色爪子。

這一連串的動作，就像完成了某個傳說。而這個傳說是在幾十年、甚至幾百年前，把希望寄託在微乎其微的可能性上。事實上，確實是如此也說不定。

用兩手接過爪子後，赫蘿就這麼愣愣地一直俯視著爪子。魯華將赫蘿手掌心上的爪子翻了過來——爪子背面刻著文字。

羅倫斯只知道那是古老文字，並不懂文字含意。
不過，赫蘿似乎看得懂。她的淚水也在瞬間滴落。
「上面寫著『好久不見』。」
赫蘿一邊哭泣，一邊說道，然後顫抖著肩膀笑了。
笑了後被嗆著，擦去淚水後，又哭了起來。
魯華輕輕扶著這般模樣的赫蘿雙肩後，這才看向了羅倫斯。
魯華除了是個出色的傭兵團團長之外，似乎也是個出色的紳士。
他清楚知道何者應該在誰的懷裡哭泣。
羅倫斯抱住赫蘿後，赫蘿在羅倫斯懷裡更加放聲大哭。
「我們的守護狼神啊，終於實現了與您的約定。」
魯華輕聲說道。
如果說世上有很多故事，而每個故事都繫著一條繩子的話，繫在繆里傭兵團上的其中一條繩子在此刻迎接了終點。

第二幕

魯華將他們向旅館租借的上等房間讓了出來。

雖然參謀必須為此搬出房間，但對於團長所發出的不合理嚴令，參謀儘管訝異地不停眨眼，在腦袋思考什麼之前，身體還是先做出了反應。

即使羅倫斯打算幫忙搬行李，參謀也是說著「這攸關我的生死」而不願意讓羅倫斯幫忙。

魯華似乎是非常有威嚴的團長。

魯華有如此表現，肯定很適合冠上繆里之名。

除了這麼安慰赫蘿之外，羅倫斯什麼也沒能做。

「讓咱一個人靜一靜。」

赫蘿抽噎著這麼說道。如果是在過去的旅途中聽到赫蘿這麼說，肯定又會引發一場騷動，或是演變成讓羅倫斯驚慌失措的要因。

不過，到了現在，羅倫斯絕對不會再慌張了。

畢竟赫蘿方才緊緊抱著羅倫斯哭了好久。既然赫蘿在最痛苦的瞬間，願意依賴羅倫斯，現在最痛苦的情緒已散去，羅倫斯就不應該一直陪伴在身旁。赫蘿能夠獨立思考並採取行動，如果是要整理回憶，那更會想要獨自進行。

羅倫斯用大拇指指腹擦去赫蘿眼角的淚水，並告訴赫蘿水壺的位置，而非出言撫慰。

「不准喝酒喔。」

如果在分手的夜晚喝酒，只會讓自己變得更憔悴。

赫蘿在因哭泣而泛紅的臉上，笨拙地露出笑容說了句：「大笨驢。」

「要離開旅館時，也要記得來告知一聲。」

雖然因為想起在雷諾斯發生的事情而感到猶豫，但羅倫斯輕輕抱了赫蘿一下後，站了起來。

羅倫斯走出房間之前，赫蘿一直坐在床角注視著羅倫斯。

關上房門後，羅倫斯嘆了口氣，但並不是為了赫蘿的模樣擔心。

羅倫斯心想，繆里留下了悲傷中仍不忘故作瀟灑的留言。雖然這個傳言成功傳達了，但活在世上的人們的故事仍繼續進行著。

「方便說個話嗎？」

階梯在距離房間幾步路的位置，魯華就站在階梯平臺上，一邊從牆上挪開背部，一邊說道。

羅倫斯點了點頭後，魯華說了句：「到我房間吧。」並走下階梯。

「請進。」

與人打打殺殺，時而收購俘虜，時而又販賣俘虜的傭兵團團長，親自為羅倫斯打開了房門。

這種事情原本是在房間旁邊待命的打雜小伙子的工作。

所以，被搶走工作的小伙子嚇了一大跳，發現搶走工作的人是團長後，再度嚇了一大跳。

「你不用緊張。」

魯華在小伙子耳邊輕聲說了些話後，走進了房間。

然後，走過羅倫斯身旁時，魯華張開了手掌給羅倫斯看。

「我也還在發抖。」

一個站在戰場前頭指揮的人，想必絕對要避免讓他人看見自己的手在發抖。魯華會刻意讓羅倫斯看見發抖的手，就表示他在向羅倫斯兩人表達最大的敬意。

正確來說，應該是向赫蘿，以及帶了赫蘿前來的羅倫斯表達敬意。

「我還沒請教你的名字。」

魯華勸羅倫斯坐下來後，自己也一邊坐下，一邊這麼說。

「我叫羅倫斯。克拉福．羅倫斯。」

「克拉福．羅倫斯。好名字。你是波蘭地區的人嗎？」

魯華機敏的說話方式，給人比其外表成熟許多的感覺。如果掉以輕心，可能一下子就會被牽著鼻子走。

「不，我來自羅恩。」

聽到羅倫斯的回答後，魯華點了點頭。魯華不愧是轉戰千里的傭兵，對於地名的了解似乎更勝旅行商人。

「如果是來自羅恩的商人……你出現在這個城鎮該不會是違反命令吧？」

魯華知道羅恩商業公會的存在。而且，他也掌握到公會對於雷斯可的態度。這代表著羅恩商業公會是一個優秀且出名的集團。這讓羅倫斯感到開心，同時也感到害怕。

「是的。所以，我在這裡只是一介旅行商人。」

不管發生什麼事情，公會都不會對羅倫斯伸出援手。

聽到羅倫斯的話語後，魯華安心地嘆了口氣。

羅倫斯思考著魯華為何會有這般反應時，傳來敲門聲，隨後看見方才的小伙子走了進來。

小伙子手中的托盤上，放著裝了葡萄酒的瓶子，以及外觀質樸的土製酒杯。

「喝一杯吧。如果你怕被下毒，我可以先用兩邊的杯子喝給你看。」

「不，沒關係。」

雖然魯華的笑話讓人笑不出來，但羅倫斯還是笑了。那是因為當羅倫斯靠近拿取酒杯時，看出魯華其實也很緊張。

魯華也一副掩飾難為情的模樣笑笑。

「為歷經波折的命運邂逅乾杯！」

魯華說話的同時，舉起酒杯喝了一口。

羅倫斯也仿效喝了一口後，發現是上等的極品葡萄酒。看見羅倫斯望著杯中物說不出話來，身為招待人的魯華顯得很滿足。

「不過，真希望我的父親和祖父能夠見證這一刻。」

魯華像在尋找話語似地注視著桌子好一會兒後，抬起頭說出這些話。

「我到現在也還覺得難以相信。如果說你們是來欺騙我的詐騙師，或許還比較有真實感。」

魯華臉上雖然掛著笑容，但笑容中還是帶著些許困惑。

羅倫斯原本也以為事態可以進展得更順遂一些。

「我們已經做好會被這麼誤解的心理準備。」

羅倫斯老實地回答後，魯華點了點頭。

然後，魯華再次用力地點了點頭，咳了一聲說：

「如果一直過著打仗的生活，有時候會一腳踩進這個世界跟另一個世界的狹縫。」

羅倫斯不會覺得魯華的話語來得突兀。當不見明月的黑暗夜晚下起雨來時，就是無信仰的羅倫斯，也曾看過好幾次已死去的行商同伴站在馬車旁。

「雖然我不確定那是神明還是死神，但好幾次在生死之間徘迴時，有人指引了我方向。我知道我們這個團這類話題特別多。不過，很多時候我們會覺得那不是神明向我們伸出援手，而是其他更不一樣的存在。也就是……」

發出一聲嘆息聲後，魯華看著桌子在思考該不該說出來。
魯華做了一次深呼吸後，似乎下定決心要說出來。
「也就是，跟那面旗子有關的某種存在。」
牆上的火紅色旗子上，繡了一隻朝向天空嘶吼的狼。
採用動物作為旗幟圖樣的傭兵團並不少。狼代表了智慧與力量，所以相當受傭兵歡迎。
不過，看見赫蘿的狼耳朵後能夠表現得不畏縮，還是需要一些理由。想必魯華好幾次在絕望的狀況下，曾經遇到過怎麼看都不像人類的不知名存在向他們伸出援手。
「我在想應該是托這存在的福吧。或者是托那位的福？雖然這不太可能。」
「您是說赫蘿嗎？」
羅倫斯反問後，魯華的表情變得有些僵硬。
「……可以直呼她的名字嗎？」
魯華抬頭仰望天花板，一副完全不像是在開玩笑的模樣這麼詢問。
「赫蘿似乎不喜歡被人當成神明崇拜，她說這樣不合她的胃口。」
聽到羅倫斯的話語後，魯華露出有些困擾的表情一邊揚起眉毛，一邊緩緩吐氣。
然後，魯華露出牙齒發出咯咯笑聲，並用手按住額頭搖了搖頭。
「我身上會不會也流著相同血液啊？到現在我還很不喜歡被人稱呼為團長。」

雖然知道魯華應該是想要緩和氣氛，才這麼開玩笑，但聽到「相同血液」時，羅倫斯不禁有些僵住了臉。

「沒錯，有些部下相信我們的祖先就是狼，但我父親和祖父都明確否定了這樣的事實。他們的態度甚至還有些生氣。」

「生氣？」

「嗯。聽說我們團的創始人，也就是我的祖先在某天遇到一隻狼，後來在雙方互相幫助下，創立了這個組織。那隻狼的名字就是繆里。」

果然是這麼回事。

這麼想著的羅倫斯點了點頭後，魯華接續說：

「不過，嚴格說來，與其說是互相幫助，我們受到繆里的幫助似乎更大。長輩不斷教導我們要對狼表示敬意。所以……嗯。我們只能夠用狐皮、貂皮或鹿皮作成的皮草，經費高得嚇人。」

魯華做作地聳了聳肩。如果團長是沉默寡言又沒幽默感的人，傭兵團就沒辦法好好運作。

羅倫斯第一次聽到這種事情時，還有些懷疑，但現在聽來似乎是真的。

「不過，我也會覺得這種各式各樣的傳說，都是為了讓團員更加團結而編出來的故事。」

魯華用手指按住杯緣，一邊輕輕搖晃酒杯，一邊說道。

「事實上，大家會說在不知道何時走上盡頭的戰爭人生中，這些編出來的故事會是最大的心靈支柱，也會是明日的活力來源。我也看得很開，覺得事實就是如此。」

羅倫斯所屬的羅恩商業公會，也有類似創設神話的故事。每座城鎮或村落都有這類的故事，人們會說「我們是來自某某地方的民族」，而這也是讓大家站穩腳步的基礎。

「沒想到竟然是真的……」

魯華深深吸了一口氣，再吐出氣來。

魯華露出顯得疲憊的笑臉，同時抬高原本往下看的視線，看向羅倫斯說：

「上任以及上上任團長傳給了我各式各樣的故事。當中最精彩的，就是賢狼赫蘿的故事。他們吩咐我，如果哪天我們遇到了賢狼，一定要把爪子上的傳言傳達給賢狼知道。」

羅倫斯抬頭望向天花板，然後思考了一下。

羅倫斯這麼做並沒有太大的意思，他只是覺得有必要稍微等待一下。

「赫蘿在距離這裡很遠的村落待了好幾百年的時間。她因為也忘了故鄉位置而回不了家，所以由我來帶路。」

「帶路？」

魯華的問法顯得耐人尋味。

羅倫斯思考著魯華到底是什麼意思，但看見魯華夾雜著苦笑後，察覺到了是怎麼回事。

魯華想必是看見赫蘿緊緊抱住羅倫斯的瞬間更加放聲大哭，才會這麼詢問。

「所以，我會陪她一起回去。」

羅倫斯換了說法再說一遍後，魯華看似開心地露出牙齒。

「這世界之所以有趣，就是因為會有如此不可思議的事情。人生不知道會發生什麼事情，也不知道會遇到什麼人。不過，也正因為如此，煩惱才會不斷。」

魯華露出犀利目光看向羅倫斯。在這之前魯華一直露出還算是帶有親切感的眼神，但此刻的眼神，卻充滿無論發生任何事情都不會動搖的堅強意志。

魯華的思考焦點從如夢境般的突發事件，瞬間聚焦到了現實世界。羅倫斯身子僵硬地等待魯華的話語。

「容我直率地問一個問題。兩位是前來毀滅德堡商行的嗎？」

如同羅倫斯兩人得知繆里傭兵團的存在時，多少會聯想到這個可能性，對方也在得知赫蘿來到雷斯可的時候，聯想到了這樣的可能性。

因為羅倫斯已預料到魯華早晚會詢問這個問題，所以事前已準備了幾個答案。如果和對方意氣相投，羅倫斯甚至還打算說出「就算沒毀掉店鋪，也會想辦法教訓德堡商行一頓」這般氣概十足的答案。

然而，實際面對魯華後，羅倫斯把這般近似惡作劇的想法藏到了內心深處。

因為羅倫斯在魯華的表情中，看出他在害怕一件事情。

「不，那是不可能的事情。」
在戰場上生活的魯華沒有點頭，也沒有發出附和聲。
魯華覺得羅倫斯的回答不夠完整。
羅倫斯舔了一下乾燥的嘴唇後，補充說：
「不過，我們確實很擔心約伊茲的安危。」
沉默持續了幾秒鐘。
然後，傭兵團團長總算點了點頭。
「這樣啊。」
魯華應道，然後用力吸了一大口氣，連肩膀都聳了起來。
魯華之所以憋住呼吸好一會兒時間，或許是為了吐出卡在喉嚨深處的緊張感也說不定。
「……沒事，原來是這樣啊……」
魯華夾雜著嘆息聲說道。或許是羅倫斯多心，但魯華剃得短短且豎起的頭髮似乎塌了下來。
在魯華身上，甚至感覺得到像是完成了一項任務似的倦怠感。
魯華是真的打從心底害怕羅倫斯兩人會說出口。
「您以為我們會說：『希望您協助我們毀滅德堡商行』……如果能夠說出這種話，我們的旅行就不會那麼辛苦了。」

嚴格說起來，羅倫斯兩人之旅不但要隱藏赫蘿的真實身分，還要閃躲教會，時而會遭到已融入城鎮生活的古老存在冷漠對待，或是被拚命在這個時代存活下來的人們逼迫接受現實。齜牙咧嘴地直直向前衝，路上有人阻礙就格殺勿論——

兩人之旅和這種江湖味完全沾不上邊。

「為了部下的名譽，我要聲明一件事情。」

魯華一邊抓著短髮，一邊接續說：

「只要是為了我們團的旗標，就算要面對再絕望的戰爭，我們也會全力以赴。我們不會有任何人逃跑，並會浴血奮戰到最後一刻。」

魯華的用字遣詞宛如朗誦詩詞一般，這想必是因為確實有必要說給某人聽——比方說，可能在隔壁房間偷聽的參謀或小伙子等人。

「不過，也因為如此，我們有了害怕聽見的命令。」

魯華一邊盯著羅倫斯的眼睛，一邊說道。

羅倫斯聽出了他的言下之意。

「如果我和赫蘿一起提出請求，繆里傭兵團會賭上性命，為我們戰鬥……」

「沒錯。」

真心話與場面話、骨氣與虛榮。

羅倫斯開始認為魯華這名人物跟他一樣是個商人。

「赫蘿肯定也會這麼想吧。不過，我們在旅途中明白，世上做不到的事情多過做得到的事情——比方說，與過去同伴重逢之類的事情。」

羅倫斯刻意不以問句做出回應。

即便如此，魯華似乎還是察覺到了羅倫斯想說什麼，而輕輕吸了一大口氣。

魯華吸入的空氣沒能夠化為話語，最後沉默地搖了搖頭。

魯華也不知道繆里的下落。而且，他的表情還說出繆里已不在世上。

「……所以，我是想在這裡代替赫蘿詢問另一件事情。」

「你是想問我約伊茲是否平安嗎？」

與赫蘿初相遇時，羅倫斯對於約伊茲只有在某處旅館聽過這地名的模糊記憶，甚至不確定這個地方是否真的存在世上。如今卻在不曾有過關聯的人物，一臉認真地立即做出的回答中，聽到這個地名。

這讓羅倫斯有種夢境變成真實的奇妙感覺。

羅倫斯並非只是單純地拉著馬車來到這裡。羅倫斯是為了與赫蘿手牽手一起來到這裡，而越過了無數高牆。

羅倫斯心想，原來人生也會有這樣的經歷。

「就事實來說，約伊茲安然無事。」

說著，魯華看向上方。

「就事實來說，約伊茲安然無事。」

魯華或許認為赫蘿可能在偷聽。

「聽說連千里外的喃喃細語聲，也逃不過賢狼赫蘿的耳朵。」

「除了她不想聽的話以外，差不多是這麼回事。」

魯華露出笑容後，看起來比實際年齡更年輕。魯華那無聲的笑法，也有些像動物的感覺。

「不過，這麼聽來，你們還沒去過約伊茲囉？」

「是的。我們已經拿到了地圖，不過……我們覺得在前往約伊茲之前，應該先與繆里傭兵團見面。」

「嗯，原來如此。每個人心裡都有一些優先順序。就這點來說，我只是一個冠上繆里名字的人，好像對你們很過意不去。」

羅倫斯急忙想要回答「沒那麼回事」，但看見魯華彷彿在說「我開玩笑的」似的露出苦笑。

「約伊茲還安然存在。那裡現在是托爾金地區的一部分。尤其是那附近一帶不會有人進出，是一片封閉的森林。」

赫蘿此刻是否在樓上的房間偷聽呢？

如果在偷聽，赫蘿肯定會像貓咪一樣彎著四肢縮成一團，然後用指甲在布料上刮來刮去。

「不過，我們來到這裡之前，聽到了很多關於德堡商行的不好傳言。不好的傳言之多，甚至到了像您這般身分的人，會以為我們的到訪是為了委託出陣的程度。」

夾雜了一句「叫我魯華就好」後，傭兵團的年輕團長靜靜地說：

「據說，德堡商行打算壓制北方地區；據說，德堡商行打算把北方地區所有金屬挖掘出來；據說，德堡商行怎樣又怎樣……差不多是像這樣的傳言吧？」

「正是如此。」

魯華點了點頭後，輕輕嘆了口氣。

「不過，實際來到雷斯可後，發現完全沒有要打仗的樣子。城鎮裡充滿活力，商人們個個勤於賺錢。」

聽到魯華一邊眺望木窗外，一邊說出的話語後，羅倫斯再次回答說：「正是如此。」

「我想，來到雷斯可後，不這麼認為的人反而比較少吧。」

雖然感到意外，但羅倫斯沒有插嘴說話。

「我聽到要發動戰爭的消息；我聽到有危險的賺錢話題；好像終於有人要幫忙平定那塊可恨的地區——總之，差不多是去年秋天吧，這類危險話題開始在我們這種危險人物之間悄悄傳開。話題傳開後過了一陣子，相信傳言的人、不相信傳言的人都三三兩兩地聚集到了這裡。因為北方大遠征取消，沒了工作的人根本沒地方去。接著來到這個城鎮後，大家被神奇的狀況綁住了。」

必須徹底重視現實面的傭兵，竟然說出了「神奇」兩字。

這麼一來，就表示狀況真的很神奇。

「德堡商行提供了旅館給我們住，而且還供餐呢。」

「咦？」

羅倫斯環視了四周一遍，最後把視線拉回魯華身上時，看見魯華肯定地點了點頭。

「其他傭兵團情況也跟我們類似。這讓我們開始熱血沸騰起來。對方願意表現得如此慷慨，就表示這是一場真正的戰爭。」

商人絕對不會做無益浪費的事情。既然商人願意付錢，就表示當中有著什麼企圖。

何況德堡商行是厚待平時惹人厭的傭兵，連小孩子也能夠輕易猜出一場血戰爆發在即。

「但是，這樣的狀況已經持續了兩個星期左右。聽說待在這裡最久的傭兵團已待了兩個月。你能相信嗎？聽說德堡商行為了養我們，現在每天的花費是二十枚盧米歐尼金幣起跳。明明花費這麼高……」

魯華說到一半停頓下來，並走近架子。然後，魯華從架子上抽出一把羊皮紙束往書桌上丟。

雖然不知道詳細內容是什麼，但從格式看來，羅倫斯猜想應該是某種合約書。

「這是我們打算提給德堡商行的宣誓書。『在您的庇佑下，我們願意化為您的長劍與盾牌』

之類的內容……一般來說，我會以這些紙換來金錢，再把錢分給部下，然後我們會一邊沉溺於吃喝玩樂，一邊上戰場。然而，德堡商行不接受這宣誓書。」

「不接受？」

羅倫斯也感到難以理解。戰爭只管快不管好。

如果拖拖拉拉做準備，對方也會做好準備；更重要的是，這樣不但必須花費龐大經費，士兵們的士氣也會降低。更何況如果是提供旅館和餐食的待遇，一些來路不明的傢伙就會從四處聚集過來，最後想必只是人數不斷增加，根本無法採取具統率性的軍事行動。

魯華嘆了口氣，然後再次看向窗外。

那眼神看起來有些像是在感傷窗外光景不是戰場。

「有人說，好像是還沒掌握到有力諸侯的動向。聽說德堡商行也是要確實掌握到諸侯們的動向後，才有辦法採取行動。不過，我能夠理解這點。在這塊土地上如果沒有確實取得當地人們的協助，就等於是困在狹窄的雪路上坐以待斃。甚至還有消息傳出，諸侯當中有些人讓自己養不起的士兵留駐在雷斯可，然後利用拖延做結論的方式，讓士兵們有飯吃。這是很可能發生的事情，事實上我們也是在這裡白吃白喝。所以，現在德堡商行難以決定要攻打哪裡，也難以決定如何配置戰力，而我們也為了決定今天晚餐要吃什麼而傷透腦筋。」

魯華之所以說了這麼長一段話，想必是因為其自身對這般狀況感到焦躁。

比起過著無所事事的日子，在刀劍裡打滾的生活似乎比較符合魯華的本性。

「所以，約伊茲安然存在──我只能說至少目前是這樣。」

「原來如此……」

「不過……」

魯華欲言又止地瞇起了眼睛。

那模樣像在思考說出來是否妥當，但最後魯華似乎決定說出來。

魯華先咳了一聲，然後像是無意識地壓低聲音說道：

「德堡商行非常聰明。現在聚集在雷斯可的人們，都是多多少少與北方地區有關係的人。就像兩位一樣，那些都是因為很重視北方地區而前來的人們──就連我們也不例外。」

魯華說著移動腳步，走到貼在牆上的地圖前。

那是一張北方地區的地圖，感覺像是把弗蘭給的地圖再延伸了出去。

這代表著委託弗蘭繪製地圖是正確的決定，而這張大地圖是畫得更加詳細的地圖。

魯華的手指停留在地圖上的某位置。那是托爾金，也就是曾稱為約伊茲的位置。

「我們打算在這裡駐紮布陣。不過，沒有人會笨到想要壓制故鄉。尤其是在知道賢狼赫蘿確實存在後，更不可能這麼做。」

雖然魯華像在開玩笑似地說道，但似乎很難說百分之百是玩笑話。

魯華想必聽過不少有關赫蘿的傳說，對他來說，赫蘿會是絕對惹不得的對象。魯華非得消滅造成誤解的可能性。

「……那麼，是打算保護那裡嗎？」

魯華點了點頭。難道有必要時，魯華會打算與德堡商行一戰嗎？羅倫斯這麼做了猜想，但傭兵團團長比商人更重視現實面。

「也可以說是這樣沒錯。因為在托爾金東北方，有個叫做斯威奈爾的地區，斯威奈爾有好幾條獵人或礦工會利用的道路。如果引發了戰爭，斯威奈爾附近一帶無論在地理面上，還是在政治面上，都是戰略要點，所以肯定會受到戰火波及。然後，那裡的人如果想逃命，有部分的人會利用這些道路來到托爾金。我們打算抓這些人。」

「……然後賣給交易奴隸的德林商行。」

聽到羅倫斯像在自言自語地說道，魯華點了點頭說：

「沒錯。畢竟每座村落都過著很吃緊的生活。別說是受了傷而情緒激動的士兵，如果是主要會利用這些道路的難民經過，一定會立刻被識破。我們要把這些人抓來當奴隸，這樣能夠守護村落，我們也能夠順便賺錢。德林商行以擁有廣大客層出名，相信那些俘虜回到故鄉時，也已經擁有一身教養，以及不算少的財富，變成肥羊了吧。」

羅倫斯不知道事態是否會真如魯華所說的那樣順利。

不過，羅倫斯覺得魯華的想法果然很接近商人的作風。

「對於我們這樣的提案，德堡商行的態度非常積極。」

「為什麼？」

「對於不想破壞故鄉的人，德堡商行似乎打算配合他們的意願分配工作。」

「可是，這樣不是等於讓所有人都留下來防守了？」

聽到羅倫斯的詢問後，魯華微微皺起嘴巴看向羅倫斯。

那表情就像一個師父看見原本以為很優秀的徒弟，犯了很簡單的錯誤一樣。

「無論是好是壞，德堡商行在礦山經營上，都表現得十分優秀。然後，也不是所有人都把開發視為災難。」

「啊！」

「沒錯。很多傢伙認為不管是高山被挖掘，還是森林遭砍伐，只要能挖出銀或銅大賺一筆，村落能發展成城鎮就好，而且他們也覺得這樣比較好。當然了，任何人都有非常重視的土地，這世上也不是所有人都抱著這樣的想法。德堡商行打算在夾縫中巧妙地找地方鑽。找來愈多人員，想必當中就會出現其故鄉土地擁有潛力十足的礦床，並且希望被開發的貧窮荒村出身者。不敢惹德堡商行的人會提供協助。歡迎德堡商行的人當然也會提供協助。在這樣的狀況下，就能夠把當地人的恨意壓到最低，也能夠順利壓制北方地區。德堡商行寧願提供旅館和餐食也要留住多數傭兵和騎士，或許就是想要順利演一場大戲。」
利用傭兵的動機原本就包含了柔軟性地補充戰力，但更大的目地是要讓傭兵吞下受到侵略之土地居民的所有恨意。
既然如此，一開始就配合當地人的期望，來採取行動吧——每塊土地想必都有因為無法謀生而當上傭兵的人，也有必須扛著長槍熬過日日夜夜的人，所以只要聚集愈多人，就愈能在一望無際的土地聽話布陣。
理論上是這樣沒錯，但到底有沒有辦法順利做到呢？
羅倫斯這麼想著，魯華也露出仍感到半信半疑的表情。
「不過，這一切終究都是傳言。畢竟在這裡有用不完的時間，所以大家都會胡思亂想。」
魯華搓了搓手，並輕輕拍了一下後，一副彷彿在說「說明完畢」似的模樣對著羅倫斯張開手掌。雖然魯華做了很多說明，但羅倫斯冷靜一想，發現其中有些內容幾乎都是魯華個人的意見。
不過，與其說魯華是在隨便灌輸羅倫斯一些觀念，不如說魯華是將他所知情的內容以及想法全盤告知了羅倫斯。魯華會這麼做八成是害怕赫蘿生氣。雖然羅倫斯有種狐假「狼」威的感覺，但魯華願意配合，當然是一件好事。
羅倫斯從椅子上站起來，與魯華握手並道謝。
「赫蘿也會很感謝您的。」

魯華一邊回握住羅倫斯的手，一邊說：「要是我能夠解決所有問題，那就好了。」如果世上所有人，都是神明為羅倫斯與赫蘿所安排的人，或許就能夠解決所有問題。

然而，羅倫斯對這世界的了解恐怕已太深，讓他知道這是不可能的事情。

「如果都是一些能夠輕易解決的問題，人的一生就太長了。」

「咯咯，確實如此！」

說罷，魯華在羅倫斯的酒杯裡再倒入酒。

「反正，就是這麼回事。能夠完成與祖先的約定，我真的很開心。我希望兩位務必在這裡消除旅途勞累──這可不是我沖昏了頭亂說喔，我是認真的。反正都是德堡商行買的單嘛。」

羅倫斯不客氣地喝下倒入杯中的上等葡萄酒。

隔天，赫蘿起床後，還是一直心不在焉。

昨晚沒等到太陽下山，赫蘿就因為哭得太累而睡著了。或許是這樣的緣故，赫蘿在半夜裡醒來後，就一直發呆，所以應該沒睡飽吧。

魯華的居留生活似乎沒有口中說得那麼悠哉，昨晚他表示有難以脫身的事情要辦，所以沒有邀請羅倫斯兩人吃晚餐，但取而代之地，他請人送了豪華料理到房間來。小麥麵包、香草烤閹雞、鵪鶉肉濃湯、烤鹿肉加上汆燙牛肩肉、鯉魚加上燉蔬菜，還有越橘、葡萄乾、覆盆子乾等餐後甜點。酒類飲料包括啤酒、葡萄酒，連蒸餾酒也有了。如此豐盛的晚餐，相信德堡商行不可能買單，所以應該是魯華買的單。從這般舉動當中，不難看出魯華對赫蘿的重視。

然而，赫蘿只吃了平常食量的一半。

羅倫斯本以為赫蘿睡醒後，如果吃了冷掉卻仍十分美味的上等佳餚，或許會振作起來，結果卻不是如此。赫蘿似乎特地等羅倫斯起床才開始用餐，與羅倫斯寒暄幾句後，赫蘿只是慢吞吞地吃了小麥麵包，喝了幾口葡萄酒潤潤喉而已。

因為總不能把剩下一大堆食物的盤子還回去，所以羅倫斯拚命地吃，幾乎要撐破肚皮了。一些能夠長期間保存的食物，羅倫斯全塞進了行李裡。不過，羅倫斯還是留下了一些食物，讓小伙子來收盤子時，能夠偷偷分給小伙子。

不過，值得高興的一點是，看見羅倫斯勉強自己大口吃下食物的模樣後，赫蘿稍微笑了。

而且，儘管覺得赫蘿的身影看起來就像快要散成碎片垮下來似的幻影，只要赫蘿願意主動貼近，羅倫斯就只需靜靜待在原地。

事實上，羅倫斯不知道自己應該說些什麼話，也不知道應該怎麼安慰赫蘿。

羅倫斯覺得不管自己說什麼，都可能變成不負責任的話語而傷了赫蘿。

這讓羅倫斯察覺到自己未曾失去過重要的人。如果說羅倫斯能夠對失去重要存在的人言之有物，那肯定是失去赫蘿以後的事情了。

然而，失去赫蘿以後，還能夠遇到想要安慰對方的人，並且待在那個人的身旁嗎？羅倫斯這麼想著，但無法順利想像出那畫面。羅倫斯現在最重視的人是赫蘿，他也敢抬頭挺胸地說「未來也不會改變」。

赫蘿把頭倚在羅倫斯的肩上，眺望著窗外的藍空。羅倫斯牽起赫蘿的手，並輕輕撫摸赫蘿呈現瓜形的美麗指甲。赫蘿的指甲摸起來十分光滑，或許是因為冷空氣從木窗吹進來，其纖細手指比平常更加冰冷。

儘管如此，羅倫斯還是不覺得寒冷。這一方面是多虧了兩人一起蓋在身上的棉被，但更主要的原因是，赫蘿在指甲被羅倫斯撫摸下，三角形耳朵的前端不停搔著羅倫斯的臉頰。

如果要一起旅行，就要找一個可以依靠，同時也會回以同等信賴的對象。

然而，隔了一會兒後，赫蘿忽然抽回手，跟著把臉貼在羅倫斯的手臂上。

羅倫斯察覺到赫蘿的舉動是為了忍住忽然湧上的淚水。下一秒鐘，羅倫斯幾乎是條件反射地用力抓住赫蘿的手。

「我們到外面走走。」

赫蘿一邊抽鼻子，一邊瞪大眼睛，似乎相當驚訝。

羅倫斯當然可以就這樣接受魯華的好意一直待在房間裡，然後悠哉地等待赫蘿走出傷痛。但是，羅倫斯是藉著行動賺錢的旅行商人。即使赫蘿算是與羅倫斯相反的人，羅倫斯還是認為應該出去外面走動。

況且，如果每次發生悲傷或痛苦的事情，都一直默默等待傷口痊癒的話，只會重蹈覆轍，讓帕斯羅村麥田裡發生過的事情再次上演。

此刻羅倫斯就陪伴在赫蘿身旁。

這時如果沒有帶赫蘿出去，就失去了一路牽手走來的意義。

「不過，外面可能很冷，要穿厚一點。」

話雖這麼說，但也沒必要採取太激進的療傷行動。

穿了一大堆衣服外出後，發現太熱時再一件一件脫去就好。

赫蘿保持泫然欲泣的表情，愣愣地仰望著羅倫斯，但最後還是柔順地點了點頭。

羅倫斯說了句：「那就走吧！」並態度堅定地笑笑後，開始做起出門準備。如同過去碰到赫蘿喝得爛醉時會做的一樣，羅倫斯此刻特別用心地以對待公主的方式對待赫蘿。羅倫斯為赫蘿綁上腰帶、穿上鞋子、披上披肩，再從頭部套上長袍後，為赫蘿整理頭髮好藏起耳朵，最後態度恭敬地把狐狸皮草圍在赫蘿的脖子上。

剛開始赫蘿顯得有些嫌煩的樣子，但穿到一半後，便任憑羅倫斯為她打扮。

讓赫蘿從床上站起來時，羅倫斯當然沒忘記牽住公主的手。

雖然赫蘿表現出甚至有些傻眼的模樣，但羅倫斯覺得只要有機會能讓赫蘿的心情好轉一些，做得稍微過火也無妨。

而且，即使是因為看傻了眼而露出笑臉，那也是笑臉的一種。

羅倫斯頗有自信能讓赫蘿露出看傻了眼的表情。

羅倫斯牽起赫蘿那賞過他好幾次巴掌，也抓過他好幾次臉的纖細小手，走出了房間。

或許是哭太多而感到眼睛疲累，也可能是昨晚沒睡飽，走出旅館後，赫蘿感到刺眼地別過臉去。就算不是旅人，也會樂意見到寒天裡出現燦爛陽光，赫蘿卻甚至顯得帶有怒意。

「妳想吃些什麼嗎？」羅倫斯差點這麼詢問赫蘿，但後來發現這麼做只會讓他洩底，赫蘿會發現他只知道用食物或酒來討其歡心，所以勉強把話吞了回去。

而且，在街上走動時如果看見想吃的東西，想必赫蘿也會自己主動開口。

羅倫斯牽著赫蘿的手，走進熱鬧的人潮。

因為考慮到應該會有傭兵群聚在一樓酒吧，所以羅倫斯拜託了小伙子帶他們走後門。雖說是後門，但走出後門後，羅倫斯發現後門通往運送貨物的專用道路。或許是為了疏浚主要道路的人潮，後門這條道路也是呈現馬車和行人不停穿梭的擁擠狀況。路上可看見很多頭上頂著籠子的路人，人潮也沒有間斷過。
路上人們運送著雞、豬、鴨子，還有明明是寒冷季節，卻色彩鮮豔的蔬菜，羅倫斯猜想，這些食材可能是提供給像魯華等傭兵頭子之流的人物。羅倫斯探出頭，看向停在路邊的馬車貨台，發現貨台上的四方形大箱子裡，似乎裝了淋上大量蜂蜜的蜂窩。箱蓋的縫隙之間可看見碩大的蜂窩，讓人忍不住想說「這裡不愧是擁有豐富森林的北方地區」。
說到在森林裡會破壞蜂窩的動物，那就是熊和野狗。羅倫斯心想如果是赫蘿，應該會用兩手抓住蜂窩，然後大口咬下，卻看見赫蘿一副不大感興趣的樣子。
光是帶赫蘿出來走走，果然還是沒辦法輕易抹去沒能夠見到故鄉同伴繆里一事。如果繆里留下的傳言是更積極的內容，狀況應該就會不同。
狼失去其爪子，並在切成一半的爪子上寫下帶有玩笑意味的傳言。這狀況怎麼想，都會覺得繆里已經不在世上。如果繆里還活在世上，不應該在爪子上寫下這樣的內容。
「會疼。」
聽到赫蘿這麼說，羅倫斯才發現自己的手在使力。
「……抱歉。」
羅倫斯一邊道歉，一邊不小心鬆開了手。猶豫一陣後，羅倫斯重新牽起赫蘿的手。
羅倫斯心想，這樣的舉動會太多餘嗎？

應該是吧。

但是，如果太多餘，只要把多餘的部分消除掉就好。過多總比過少來得好。

對於赫蘿，羅倫斯絕對不願意有像是「早知道當初應該怎麼做才對」等事後諸葛的想法。

「喔！那邊是廣場啊。好像一大早就很熱鬧呢。」

來到與另一條商店櫛比鱗次的道路交叉口時，羅倫斯看向左方這麼說。

一樓是商店、二樓是旅館或工房的建築物對面，可看見一排特別高、沿著廣場弧度建蓋的建築物。

而且，就是憑羅倫斯的耳力，也聽見了悅耳的樂聲穿過人們的喧嘩聲傳來。

羅倫斯牽著赫蘿的手來到了廣場。讓赫蘿在因為露水而有些潮溼的桌子前坐下來後，羅倫斯小跑步地跑向還做著開店準備的攤販商。店老闆看見羅倫斯一大早就帶著女伴行動，露出有些訝異，也有些羨慕的表情，最後笑著賣了東西給羅倫斯。羅倫斯拿出向雷諾斯的兌換商打聽好的普拉茲銅幣付款，但店老闆看見銅幣後，臉上閃過一道陰影。在那之後，店老闆開口要求支付更多銅幣，羅倫斯以兌換行情計算後，發現似乎貴了一些。

然而，羅倫斯現在不想浪費時間殺價。羅倫斯把放入大量蜂蜜的熱牛奶和啤酒的杯子端到了赫蘿等候著的桌上。廣場傳來的樂聲時而響起，時而中斷，聽來似乎是旅行樂師們在練習。

看來似乎還需要一些時間才能夠聽到完整的演奏，而羅倫斯兩人的狀況也一樣。羅倫斯把冒著熱煙的杯子和充滿泡沫的酒杯排在赫蘿面前後，赫蘿一副不感興趣的模樣選了牛奶。

羅倫斯在幾乎是他單方面地碰撞杯子與赫蘿乾杯後，喝了口啤酒。吃了那麼多豪華早餐後，像水一樣稀薄的啤酒正好容易喝下肚。

雷斯可的街上真的充滿了活力，可看見無數人們忙碌地工作著。繞著廣場建蓋的建築物窗框也都放上了鮮花，如果一直待在陽光底下不動，甚至會讓人忘了此刻正值冬季。

沒想到聽來的形容與實際看到的雷斯可，竟然有如天差地別。

這麼一來，就表示原本腦袋裡有的想法，與實際看見的狀況所帶來的感受有所差異，也絕非什麼奇怪的事情。赫蘿不是愛作夢的少女。她想必早就設想到見不到繆里的可能性，並且拚命做好心理準備以減輕其所帶來的衝擊。

所以，當聽到幾乎沒啜幾口牛奶，只是一直發愣的赫蘿靜靜地這麼說，羅倫斯也絲毫不覺得訝異。

「咱現在笑不出來。」

赫蘿甚至沒有看向羅倫斯。

然而，羅倫斯也只是輕輕瞥了赫蘿一眼後，立刻讓視線移向正在練習中的小丑。

「無所謂。」

「不過，咱很感謝汝。」

說罷，赫蘿輕輕捏了一下圍巾上頭的狐狸臉。

「那真是……妳願意這麼說，我就很開心了。」

羅倫斯喝了口啤酒，心想「這啤酒未免加太多水了」。

「畢竟我做事常常不得要領嘛。」

包括在雷諾斯小巷子裡發生的意外也是。

赫蘿臉上似乎瞬間露出了淡淡笑意。但是，當赫蘿像個動不動就愛哭的孩子一樣緩緩吸入一大口氣後，這般微弱的笑意便輕易消去。

「不過──」

「不要過度刻意避開話題比較好？」

羅倫斯搶了赫蘿的話說道。

赫蘿原本有些驚訝地看著羅倫斯，但後來緩緩把視線拉回杯中的牛奶，並輕輕點了點頭。

「不過，除了昨天與魯華談的內容之外，其他事情我也不清楚。那些內容妳也聽到了吧？」

赫蘿點了點頭。

「只要主動詢問，魯華應該會願意詳細說明他們團流傳下來的傳說，或是所有他知道關於這方面的事情。如果妳不敢一個人聽這些事情，我可以陪妳一起聽。」

這隻自稱賢狼的狼瞬間露出犀利目光看向羅倫斯，卻又立刻壓低視線，而且光是這樣似乎還不夠，最後又閉上了眼睛。

「拜託汝。」

「難得妳會這麼有禮貌。」

聽到羅倫斯說道，赫蘿張開眼睛瞪了一下羅倫斯。雖然沒能夠讓赫蘿露出笑容，但光是看見赫蘿清楚表現出宛如眼睛看得見、雙手觸摸得到似的真實情感，便足以讓羅倫斯鬆了口氣。

「不過，如果妳願意說故事給我聽，也無妨。」

羅倫斯不是指繆里「在那之後」的故事，而是繆里實際與赫蘿在約伊茲時的故事。

不過，赫蘿沒有回答，只是喝了一口牛奶。

如果赫蘿不想說，那當然也無妨。

羅倫斯這麼想著時，赫蘿在隔了一會兒後，這麼說：

「要是讓汝嫉妒起來，咱會很頭痛。」

這應該是赫蘿目前能夠盡最大努力說出來的玩笑話。

羅倫斯聳了聳肩回答：

「做生意的有一句名言：如果希望一直抱著這筆生意對雙方都有利的想法，那就永遠不要知道對方賺了多少錢比較好。」

這是羅倫斯的一位已婚商人同伴，在酒席上不停反覆說過的話。

赫蘿一臉彷彿在說「愚蠢至極」似地看向樂師們。

不過，雖然不明顯，但赫蘿的側臉看起來顯得有些開心。

「妳想不想去看一看工匠街？還是……想在這裡聽歌？」

羅倫斯的說話方式，像拿著釣鉤試圖勾起赫蘿的情感起伏一樣。

赫蘿自身應該也明白羅倫斯費盡心思地想要安慰她。

赫蘿原本表現出有些嫌煩的樣子，後來又微微嘟起嘴說：

「汝何不老實說是自己想要到處看一看。」

赫蘿似乎不習慣用這種方式應付人。赫蘿平時明明表現出旁若無人的態度，事實上如果有人太關心她，就會覺得不大自在。

真是一隻難纏的狼。不過，看見赫蘿露出笑容時，相對地會更加開心。

「這也是一部分原因。」

「哼。」

赫蘿用鼻子哼了一聲，然後咕嚕咕嚕地喝下牛奶。

買飲料的時候，店老闆先看了赫蘿，才拿了小杯子倒牛奶，所以牛奶量並不多，但赫蘿仍豪邁地一口飲盡。

然後，在把杯子往桌上一放後，赫蘿一邊用手背擦拭嘴巴，一邊頂出下巴指向羅倫斯。

「我也要？」

羅倫斯這時如果找藉口強調自己喝的是酒，赫蘿肯定會說「沒氣概的雄性」之類的話。

羅倫斯嘆了口氣，心想自己真是愈來愈了不起了，竟然一大早就一口氣喝光啤酒。

不過，只要是為了赫蘿好，就算是要羅倫斯變成笨蛋，他也願意。再說，打從與赫蘿相遇開始，羅倫斯做出滑稽之舉的次數就多了起來。

「……厲害吧？」

羅倫斯喝光啤酒，並放下酒杯說道。赫蘿稍微探出身子聞一聞酒杯的味道後，只丟出一句：

「這根本和水差不多。」

雖然話中帶刺，但從桌上站起來後，赫蘿一副在等待羅倫斯牽手的模樣，不停甩動著右手。

赫蘿的焦點似乎慢慢從過去的回憶拉回到了現實。

為了不讓赫蘿不小心被回憶奔流沖走，羅倫斯牢牢牽住了赫蘿的手。

這回赫蘿沒有喊手疼了。

不同於自甘墮落者聚集的廣場，工匠街早已甦醒過來。

敲打金屬的聲音、敲打木頭的聲音加上敲打皮革的聲音，編織出一首愉快的工匠曲。

工匠街不同於一路看見的筆直道路，只有這裡的道路略顯蜿蜒曲折，並且是以石塊鋪成的道路。這般氣氛不禁讓人聯想起南方的城鎮。

被擠出寬敞店門口的工匠們在路旁忙著作業，小伙子們則在工匠之間不停穿梭。屋簷下堆著滿山木柴，店內設置了燒窯的店家似乎是在生產釘子的工廠。一名看起來比赫蘿外表的年紀還小的少女，穿著蓬蓬裙和木鞋，在踏穩雙腳後讓身體往前倒，用盡了全身的重量和力氣，好不容易才拉長釘子。

赫蘿在年輕工匠們拚命敲打紅色金屬的工作坊前，停下了腳步。

年輕工匠們似乎準備把薄金屬板敲打成圓形；他們俐落的身手，確實讓人看得目不轉睛。然而，羅倫斯卻是忍不住笑了出來。因為這家工作坊是專門製作為了做出蒸餾酒的蒸餾機。

「在那個大型銅板鍋子裡把酒加熱，再利用安裝上去的管子排出水蒸氣，同時讓酒冷卻後，管子就會開始滴出濃烈的酒。後面應該有這機器的完成品吧。」

羅倫斯指向後方說道，赫蘿一副很感興趣的模樣探出頭看。

雖然工作中的工匠們大多冷漠又暴躁，但如果看見漂亮女孩好奇地窺探他們的工作場地，任誰都會心花怒放。

一名看似師傅左右手的年輕男子，表現出根本沒在注意赫蘿的態度，一邊斥罵著其屬下的工匠們。

「不愧有德堡商行當靠山，這裡金屬類的工作坊特別多。」

這裡除了製作釘子和蒸餾機的工作坊之外，還看見了鎖匠、短刀匠，以及製作用來固定桶子的鐵箍工作坊等地方。而且，每種商品的品質都很好。或許是為了展現自家的高品質，很多工作坊都在屋簷下排列出商品，而且都是一些頗有品味的商品，一點也不像會出現在偏僻北方地區的水準。

「這裡有可能是移民城鎮。」

就算德堡商行的重要人物們因為礦物交易而賺了大錢，如果沒有地方使用這些礦物，也只是白白浪費了好原料。

想要過品質好的生活，就要買品質好的東西——如果每樣商品都必須從遠方採買進來，不僅耗時，也可能採買到退流行的商品。既然這樣，不如利用多到金庫都快滿出來的金錢力量，讓技藝高超的工匠們聚集到這裡來……德堡商行會有這樣的想法並不難想像。

兩人繼續往前走後，出現了製作銀製食器以及銀製手工藝品的工作坊。幸好赫蘿對珠寶飾品完全不感興趣，羅倫斯才能夠安心地參觀。倘若赫蘿對珠寶飾品有著如對食物般的執著心，說不定羅倫斯早就破產了。

「不過……這做工真的是非常好……」

羅倫斯忍不住喃喃說道。羅倫斯在凱爾貝委託了弗蘭繪製通往約伊茲的地圖，雖然這位弗蘭的銀製手工藝品十分精細，但在這裡看到的商品也不落人後。

羅倫斯心想詢問價格後如果夠便宜，這裡淨是一些有足夠價值拿來採買的商品。

是多虧了從礦山運來豐富的礦產，這裡才能夠做出這麼多高品質的手工藝品嗎？可是，手工藝品界相當嚴厲看待師徒倫理，再加上應該會有很多技術不外流才對。弗蘭之所以能夠得到特定領主們的青睞，也是因為擁有他人難以取代的技術，或許這裡就是因為有很多像弗蘭這樣的銀製手工藝品工匠吧。

不過，就算靠著金錢的力量把工匠們挖角過來，難道不會與其他城鎮的工匠公會起衝突嗎？還是說，德堡商行不是只會利用金錢力量的笨蛋，他們也懂得做一些心思細膩的拉鋸戰呢？

羅倫斯胡思亂想一會兒後，回過神來。

他告訴自己，必須想辦法讓注意力不要老是集中到生意上面。

幸好赫蘿正在眺望加上鳥類或狐狸裝飾圖樣、看似儀式專用的長劍劍柄，所以沒察覺到羅倫斯的舉動。羅倫斯若無其事地探頭看向赫蘿手邊，然後試著詢問說：「妳想買嗎？」赫蘿一副不感興趣的模樣搖了搖頭，然後挺起身子。

在那之後，兩人繼續在工匠街上逛著，但羅倫斯的思緒總會一個不小心就跑到與赫蘿無關的事情上面去。畢竟能夠看見工匠街如此充滿活力，實在太難得了。

在這個時代，無論哪一個城鎮，工匠的人數都是供過於求。想要以最快的方法保護城鎮的工匠，通常會採用關稅或進口限制的手段。然而，如果大家都這麼做，彼此都會陷入做了太多商品而找不到買家的狀況。這也是公會會長們長年來的頭痛問題之一。

到最後，公會不得不限制工作坊的數量，而好不容易熬過辛苦徒弟時期的工匠們，會引發一場師傅身分爭奪戰。雖然多數人會以修行為由，成為旅行工匠踏上旅途，但事實上是為了減少競爭人數。這些人旅行回來後，也不保證能夠成為師傅。不過，如果說與死去師傅的未亡人結婚，是百分之百能夠得到師傅寶座的方法，那麼還活得好好的師傅，可能就必須隨時注意食物安全或背後的聲響了。

工匠街多是乍看下充滿了活力，內在卻是冷酷又無情。與之相較，雷斯可的工匠街可說是表裡如一地有活力。

或許是景氣真的很好吧。但是，就算景氣好，也該有個限度吧？羅倫斯一邊這麼想著，一邊走著時，看見了看似工匠公會的建築物。

羅倫斯與赫蘿一起在建築物前停下了腳步。然後，羅倫斯看了身旁的赫蘿一眼，再把視線拉回建築物——羅倫斯無法相信自己眼前所見。

眼前的石板上刻著雷斯可的信條，顯示就算刻在石頭上，也不擔心要修改的堅決意志。

其內容是——「想成為本城鎮之工匠，無任何條件規定。工匠須各自靠技藝設立工作坊，並勤於工作。雷斯可歡迎每位優秀工匠。所有人民均保有自由。」

羅倫斯驚訝得發愣時，與一名路過的裁縫女工四目相交。

對方露出微笑詢問：「您是旅人？」

女子已不是會讓赫蘿想太多的年紀，其頭上戴著為了方便插針的獨特頭巾，頭巾底下的臉和身體都胖嘟嘟得像麵包一樣。

「剛開始我也是無法相信。不過，這是真的。」

女子一邊這麼說，一邊表現出真的很幸福的模樣，並且顯得驕傲地微笑著。

女子胸前抱著想必是接下來準備開始縫製的衣料，其模樣充滿了喜悅，也充滿了希望。

在這裡，或許真的能夠得到喜悅和希望。

羅倫斯因為這句話的含意而緊張地屏息凝視時，女子打了聲招呼後，慢慢走去。

雖然機率真的很低，但羅倫斯時而聽過有的城鎮沒有訂定規定。像是初建立不久的城鎮，因為負責訂定規定的公會本身都還沒有成立，所以沒有規定。

不過，這是羅倫斯第一次親眼看見沒有訂定規定的城鎮。

在這層涵義上，雷斯可真的是處於超乎想像的狀況。沒有訂定規定的城鎮，等於是能夠媲美免稅城鎮的天堂。羅倫斯甚至只要動動幾秒鐘腦筋，就能夠想出好幾個想要告知這消息的友人。

當然了，其中也包括了牧羊女諾兒菈。諾兒菈一直很想成為裁縫師。如果來到雷斯可，一定能夠實現其夢想。諾兒菈目前靠著羅恩商業公會的門路在旅行，只要寄信出去，她應該收得到才對。

羅倫斯這麼想著時，赫蘿忽然嘆了口氣。

對赫蘿來說，有關工匠的話題根本提不起興致，更不用說是牧羊女諾兒菈的話題了。

如果沒有讓赫蘿覺得樂在其中，就失去了帶赫蘿來這裡的意義，於是羅倫斯慌張地露出笑容試圖挽救，並牽起赫蘿的手說了句：「走吧。」

繼續往前走後，正如方才看見裁縫女工在路上走動一樣，可看見淨是裁縫師或鞋匠的工作坊櫛比鱗次。與發出敲敲打打的吵鬧聲、必須靠勞力工作的工作坊相對抗地，專門剪貼皮革或縫製布料的安靜地區則是唱著歌。

不過，他們不是像小丑或樂師那樣，唱著愉悅他人的歌曲。相反地，他們是為了在他人面前表現自己對工作的熱情而唱。

或許是這樣的緣故吧——

踏入這塊區域後，赫蘿緩緩放鬆了肩膀的力量。

情感是會傳染的。

光是看見大家都很開心的樣子，就足以讓人打起精神。

不過，赫蘿保持浮現淡淡笑意的表情，並且輕輕嘆了口氣。

在這裡，大家是做著相同工作、唱著相同歌曲、住在相同城鎮的同伴。諾兒菈所追求的，肯定也是這樣的一體感。

然而，赫蘿擁有的「大家」已在時光河流之中散去。好不容易得到了一條微弱的線索，卻只是找到了一小片碎片而已。

羅倫斯想了很多話語想說，但全部吞了回去。取而代之地，羅倫斯拿了很多頭巾或披風之類的城鎮女孩風格服裝讓赫蘿試穿，也試戴了新的圍巾和手套。赫蘿似乎也不討厭其中幾樣商品，但一次也沒有討著要買這些商品。

赫蘿平常也只會梳理尾巴，或許她原本就對這些東西不感興趣也說不定。

羅倫斯一下子就用盡法寶，無計可施了。

如果是要吸引商人的注意，羅倫斯知道無數方法，但對於如何吸引女性的注意，羅倫斯頂多知道利用食物而已。這讓羅倫斯不禁怨恨起自己的沒用。

不懂如何吸引女性也就算了，沒想到工匠街區域意外地大，赫蘿甚至顯得有些疲累。

或許知道羅倫斯是出自好意，而帶赫蘿出來走動，所以赫蘿當然沒有抱怨。不過，這反而讓羅倫斯倍感壓力。

勉強把赫蘿帶出房間果然是錯誤的決定。至少也應該選擇在廣場上悠哉坐著，會讓赫蘿覺得愉快一些。這樣的思緒不斷閃過羅倫斯腦中。

現在後悔也來不及了。以商人的角度來思考的話，如果有時間後悔，應該利用時間設法改善現狀。羅倫斯一邊留意身旁的赫蘿反應，一邊轉動視線尋找有沒有能夠坐下來的地方。

然而，工匠街附近明明應該找得到很多小規模的酒吧或餐廳，偏偏要找的時候卻怎麼都找不到。羅倫斯告訴自己必須想辦法快點找到地方休息，免得赫蘿更加不開心。

就在羅倫斯開始感到焦躁時——

兩人已到了工匠街盡頭，並走出開始出現商店或住家的街道。

街道上依舊人潮擁擠，但一片活力中出現一處空洞。

羅倫斯與赫蘿彷彿被夾在人群縫隙間似的，佇立不動。

該處是一棟無人建築物，感覺不到有人們的動靜。

話雖這麼說，建築物並沒有荒廢不堪，甚至打掃得很乾淨。建築物側邊有塊樸實的卸貨場，其寬度不寬卻頗具深度。建築物的正門一邊敞開著，門後可看見桌子或架子等設備。

建築物有四層樓高，房間數量也不算少。感覺像是一棟只要把商品搬進去，就能夠隨時開店做生意的商行建築物。所謂的無人建築物，並非完全沒有人類的動靜，而是感覺不到有人長住在這裡，聞不到他人氣味的意思。

如果換一個形容方式，無人建築物也像是等待著主人坐下的寶座。

這並非羅倫斯多心。

在這座容易吸引羅倫斯目光的城鎮裡，羅倫斯不禁完全忘了赫蘿的存在而停下腳步。羅倫斯之所以會有這般反應，是因為看見沒打開的另一邊門上貼了一張紙，紙上這麼寫著：

「一千兩百枚崔尼銀幣起，可議價。邦茲商行。」

晴空萬里下，燦爛陽光灑落整座城鎮，使得每樣東西看起來都閃閃發光。在這個瞬間，羅倫斯眼裡只看見紙上文字。店面出售中——而且是在這座充滿活力、沒有規定的自由城鎮。

羅倫斯感覺到時間和心跳也隨著腳步停止不動，而這樣的感覺一點也不誇張。

就連體內的血液也停止了流動。

所以，羅倫斯回過神來時，完全不知道已經過了多久的時間。

羅倫斯有種突然被丟在人群之中的感覺，喧鬧聲一股腦兒衝進耳中。

然後，羅倫斯察覺到自己左手沒有握住任何東西。在那瞬間，羅倫斯覺得像是吞下了冰塊似的心寒。

「赫……」

羅倫斯還沒叫出第二個字，就閉上了嘴巴。他看見赫蘿正向旁邊的攤販買淋上蜂蜜的油炸麵包。羅倫斯立刻在腰際上摸索，但荷包已經不見了。為了防止荷包被偷，羅倫斯明明用繩子把荷包纏得很緊，沒想到自己連繩子被解開都沒發現。

赫蘿面無表情，讓人甚至看不出她有沒有生氣。她一邊咬著麵包，一邊慢慢走近羅倫斯。

就是把荷包還給羅倫斯時，赫蘿也是沉默不語。

「妳聽我說喔？」

羅倫斯拚了命讓空轉的腦袋恢復正常，並心想「說什麼都好，總之就是趕快開口解釋」而張開了嘴巴。

這時，赫蘿把手上的油炸麵包塞進羅倫斯口中。

「唔！唔？」

赫蘿保持把麵包塞進羅倫斯口中的姿勢，一直注視著羅倫斯。

兩人形成的奇妙畫面讓在路上忙碌穿梭的城鎮居民們，也顯得有些好奇。

赫蘿保持這個姿勢好一會兒後，鬆開了抓住麵包的手。

赫蘿主動鬆開食物的舉動讓羅倫斯感到意外，鬆手後直接把手掌心反轉過來給羅倫斯看的舉動，也讓羅倫斯搞不清楚狀況。

「咱要再買一個回來。」

羅倫斯腦中沒有一絲覺得太浪費之類的想法。羅倫斯幾乎無意識地把零錢遞給赫蘿後，一直用眼神追著赫蘿走向攤販的背影。攤販老闆瞥了羅倫斯一眼後，一邊不知道聽到赫蘿說什麼而大笑，一邊在麵包上淋大量蜂蜜。

赫蘿依舊面無表情地走回來。

然後，站到了羅倫斯身邊。

「到最後，還是覺得這感覺最好。」

「咦？」

羅倫斯反問道，但赫蘿依舊面向出售中的無人商店。

羅倫斯心想，赫蘿應該是指麵包吧。

羅倫斯為了替赫蘿著想而帶赫蘿外出，並從廣場到工匠街四處走動，但說來說去，還是甜食最能夠討赫蘿歡心。

羅倫斯依舊興奮過頭的腦袋裡浮現這般想法時，被赫蘿踩了一腳。

赫蘿踩住羅倫斯的腳不停左右轉動。

羅倫斯帶著赫蘿到處團團轉，最後還因為太在意城鎮各種狀況，而疏忽了照顧。更何況羅倫斯原本明明是為了讓赫蘿散散心，才勉強把赫蘿帶出來，現在卻因為看店面看得入迷，而忘我到與性命一樣重要的荷包被拿走也完全沒發覺，甚至也忘了赫蘿的存在。

赫蘿會生氣也是沒辦法的事情。羅倫斯連道歉都不知道該怎麼開口。

「方才在敲打金屬的地方，汝也忘了咱的存在，不是嗎？」

原來赫蘿方才也察覺到了。

羅倫斯不禁往後縮起身子。

「汝一來到街上，簡直就像個小孩子一樣。那是什麼？這是什麼？這個好不好？那個又是什麼？一直問個不停。」

剛油炸好的麵包拿在手上甚至有些燙手，遇熱而融化的蜂蜜慢慢滲入麵包裡。如果在平常，赫蘿肯定會立刻大口咬下麵包，這次卻幾乎沒吃到幾口。

可見赫蘿有多麼地生氣。

羅倫斯找不到話語反駁。

他甚至覺得道歉，只會讓自己蠢上加蠢。

羅倫斯只能夠像一隻挨罵的小狗一樣，安靜等待赫蘿的怒氣散去。

然而，說完這些話後，赫蘿就停止踩羅倫斯的腳。

然後，遲疑了一會兒後，赫蘿牽起羅倫斯的手。

赫蘿難得會這樣——像在忍受難為情，又有些躊躇的模樣牽起羅倫斯的手。

「到最後，還是覺得這感覺最好。」

「……？」

羅倫斯俯視著赫蘿。

赫蘿大口咬下了油炸麵包。

並且一副顯得不悅且充滿恨意的模樣。

「汝還要咱說得多明白？」

又被赫蘿踩了一腳後，羅倫斯面向了前方。

不過，這次赫蘿沒有鬆開手，而且臉頰微微泛紅。羅倫斯知道赫蘿絕非因為天氣太冷而臉頰泛紅。

赫蘿一口咬下了半個麵包。或許是麵包太熱，赫蘿抽了一下鼻子。

「汝真的像一隻笨狗一樣，露出了很開心的樣子吶。」

赫蘿誇張地嘆口氣，吐出白色氣息後，再抽了一下鼻子。雖然赫蘿不願意看向羅倫斯，但羅倫斯清楚知道赫蘿是勉強自己不這麼做。

然後，赫蘿就這麼陷入了沉默。在赫蘿的側臉上，羅倫斯看見比蜂蜜麵包更甜美的東西。

赫蘿追著故鄉同伴的名字來到這裡後，沒能夠見到同伴卻接到同伴留下的做作留言。這想必是非常令人悲傷的事情，只有赫蘿本人知道的各種回憶想必也在她腦中來來去去。

對於這個事實，羅倫斯根本幫不了什麼忙。

與赫蘿記憶中的繆里相比，如果說羅倫斯有勝出之處，就只有羅倫斯現在還活在世上，能夠對事物感興趣、朝向目標前進而已。

當然了，就算再便宜，此刻羅倫斯也不可能立刻買下店面。羅倫斯目前還不了解雷斯可這個城鎮，更重要的一點是，雷斯可是在德堡商行保護下的城鎮。看見充滿活力的雷斯可後，羅倫斯其實為這件事實感到遺憾不已。

不過，羅倫斯現在應該說的，不是如此現實面的話題。哪怕是幻想也好，此刻應該說一些會讓人懷抱希望的話語。

羅倫斯面向前方，然後看著店面並重新牽起赫蘿的手。

羅倫斯說出了這般話語：

「抱歉，我們回旅館好嗎？」

赫蘿抬高視線看向羅倫斯。

「我好久沒有畫商店的構圖了。」

赫蘿有些不自然地揚起嘴角。不過，羅倫斯知道自己說對了。

羅倫斯這麼想著時，赫蘿的眼角就像揉入油脂的柔軟麵糰一樣，輕柔地往下垂。

「汝不是想買下這家店嗎？」

赫蘿這麼提起後，羅倫斯就不得不談無聊的現實話題。羅倫斯相信赫蘿也不可能贊成他在雷斯可開店。

羅倫斯耐住性子，並慎選話語說：

「畢竟可能因為買了便宜貨而虧錢，還是應該先讓心情沉澱一下。」

因為羅倫斯不完全是在說謊，所以赫蘿兜帽底下的耳朵微微顫動一陣後，露出不太自然的表情說：

「但願汝別因為沒買到東西，最後後悔地說『那葡萄肯定酸溜溜』之類的話才好吶。」

「放心。妳不是最清楚我有多麼容易誤解事情嗎？」
赫蘿有些驚訝地睜大眼睛，隨即揚起嘴角，露出壞心眼的笑容。
看見赫蘿這般笑容，羅倫斯險些又做出在雷諾斯小巷子犯過的錯。
不過，人類是會累積經驗而成長的生物。
羅倫斯發現還有赫蘿買來的麵包，所以大口咬下麵包。
麵包的味道應該跟嘴唇一樣才對。
羅倫斯這麼想著。或許是識破了羅倫斯的想法，赫蘿一邊嘆息，一邊催促羅倫斯走回去。
「汝真是大笨驢一隻。」
然後，赫蘿當然沒忘記加上這句老話。

已經記不清畫過商店構圖幾次了。
就連在赫蘿面前，這也不是第一次畫圖。
不過，兩人一起畫圖倒是頭一遭。
一起畫圖這件事情本身就讓人感到開心，而更開心的事情是，赫蘿的精神好多了。
「咱覺得這樣會採光不足。」

無論是房間數量、家具配置或窗戶大小，赫蘿都表示了意見。

羅倫斯本以為赫蘿是在勉強自己，但後來看見赫蘿一下子說這樣看起來比較有氣勢，一下子又說那樣看起來蠢極了，愛說什麼就說什麼的表現，羅倫斯心想或許赫蘿本來就喜歡管這種事。

羅倫斯腦中也忽然閃過「或許狼屬於築巢動物」的想法。

「採光最充足的這個地方……嗯，要放咱的床鋪。」

採光最充足的二樓房間，通常是商行主人的起居室。把思緒拉回現實世界後，羅倫斯忍不住皺起了鼻頭。

當然了，現在談論的一切都只是幻想。

不過，畫在紙上的建築物隔間或結構是針對方才看見的店面所畫，也就是針對實際存在的建築物畫出來的構圖。所以羅倫斯還是忍不住認真起來。

「那裡照理說，應該是主人的房間……」

聽到羅倫斯像在自言自語似地抱怨，赫蘿一副沒聽見的模樣，又添了幾筆。

雖說是幻想，但也不能太寵赫蘿，免得真有那麼一天時會很頭痛。

羅倫斯完全忘了自己原來要讓赫蘿打起精神來，而這麼想著時，狡猾的赫蘿這麼說：

「汝的商店沒有咱的房間嗎？」

「唔……」

赫蘿露出天真的笑容，彷彿在說「不可能沒有吧？」似的。

聽到赫蘿這麼詢問，羅倫斯根本找不到話語回答。

也讓羅倫斯忍不住想要說出幾句氣話。

這時，赫蘿看似愉快地用纖細手指，輕輕抵住了羅倫斯的嘴唇說：

「汝要是說了什麼不該說的話，咱的辛勞就都白費了。」

羅倫斯不知道赫蘿開玩笑的程度有多深，認真的程度又有多深。

就算說比起已成為過去的繆里，當然是活在現在的羅倫斯比較好，繆里占據赫蘿內心的時間也遠遠超過羅倫斯。

赫蘿是在勉強自己打起精神。

赫蘿是在說服自己「無論什麼樣的笑臉，終會化為真實笑臉」，而勉強自己展露笑臉。

羅倫斯直直注視著赫蘿的眼睛，並且點了點頭。

點了點頭後，羅倫斯提筆在二樓的寢室位置畫圖。

「啊！」

羅倫斯沒有理會赫蘿的驚訝反應，而這麼說：

「一個人獨自煩惱商行的未來，不如兩個人來煩惱比較好。」

雖然覺得自己說出令人噁心的台詞，但羅倫斯在該寢室角落畫上了小書桌。

赫蘿用鼻子發出一聲笑聲。

在這之後，兩人為了幻想出來的商店，決定了各種家具的配置，以及買賣品項。每一項決定都彷彿伸手可及一般那麼真實，同時又有一種難以置信的牧歌情懷。

赫蘿時而開心地笑，時而生氣地與羅倫斯爭論。

不過，等到大致上的構圖漸漸成形後，赫蘿也逐漸不再插嘴，很多時候只是看似愉快地沉默望著圖畫。

赫蘿的表情十分安穩，彷彿已身在這家理想商店裡，享受著春天的午後時光一般。

不久後，這般安穩表情開始浮現睡意，赫蘿也打起瞌睡來。

羅倫斯當然不會粗魯地叫醒赫蘿，而赫蘿也沒有要上床睡覺的意思。

所以，就在時而醒來便擦拭嘴角的赫蘿陪伴下，羅倫斯一邊取笑赫蘿，一邊畫圖。

不過，羅倫斯不久後忽然察覺到了一件事情。

他發現赫蘿每次打著瞌睡而快要掉進夢鄉，最後醒來時，臉上總是浮現不安的表情。一開始羅倫斯以為那是赫蘿因為睡得不夠沉穩而感到不愉快，才會露出這般表情，但後來漸漸發現似乎不是這麼回事。赫蘿醒來發現羅倫斯的存在後，會像在確認是不是夢境似的模樣，一直注視著羅倫斯好一會兒時間，最後才放鬆肩膀的力量，又開始打起瞌睡來。

當羅倫斯察覺到赫蘿的舉動是在確認他還存不存在時，也無法繼續動筆畫商店構圖了。

對活了好幾百年的赫蘿來說，與羅倫斯共度的時光想必只是短暫一剎那。那正是短暫得只是打個盹兒，時間便已消逝。

更何況，赫蘿才與深信絕對會再見面的故鄉同伴，做了永遠的道別。以赫蘿的角度來看，肯定會希望能夠少睡一些時間是一些。

在赫蘿面前，羅倫斯曾經表示過幾次自己沒有時間。也說過幾次他必須回到行商之旅，所以沒辦法與赫蘿一直旅行下去的話語。

不過，真正沒有時間的人是赫蘿。

因為赫蘿必須在漫長無盡頭的歲月裡生活，未來想必也必須度過漫長時光，在未來想必會發生的無數事件中，與羅倫斯度過的時光或事件只會占據一個小小角落。

就算把再貴重的物品放在倉庫裡，倘若倉庫裡放的物品愈來愈多，總有一天也會找不到那樣寶物。

正因為如此，才會希望能夠讓時間拉長一些是一些，在這般想法下，赫蘿能夠與羅倫斯同處的時間實在太短暫了。

羅倫斯終於忍不住放下筆，然後觸碰就在身旁有規律地輕輕發出呼吸聲的赫蘿瀏海。赫蘿有些嫌煩的模樣皺起眉頭，並動了動耳朵，但沒有要張開眼睛的意思。

看著赫蘿的睡容，羅倫斯感到痛苦萬分。那感覺就彷彿被人緊緊揪住胸口一樣。

羅倫斯兩人是為了確認繆里傭兵團，以及暗中觀察德堡商行的企圖，而來到雷斯可。

沒錯，「暗中觀察」這個說法非常正確，兩人絕對沒有想要阻止或操控德堡商行的念頭。

可能的話，羅倫斯當然希望像故事裡的英雄一樣大展雄風，但事實上那是不可能的事情。羅倫斯是一個旅行商人，而赫蘿雖說能夠橫掃千軍，但對方是備有上萬軍力的礦物商。

而且，身為作戰專家的繆里傭兵團團長，也害怕見到羅倫斯兩人與德堡商行引起紛爭。如果以正常的腦袋來思考，對德堡商行做出反抗，根本是愚蠢至極的行為。

羅倫斯答應過赫蘿會在其能力所及範圍內協助赫蘿。而且，就算約伊茲將遭到侵略，赫蘿肯定也不希望再看見羅倫斯做出賭命抵抗的舉動。雖然沒有明確做過確認，但羅倫斯猜想赫蘿自身應該也不會為了約伊茲而戰鬥。赫蘿或許會做一些努力或協助，但應該不會戰鬥。

赫蘿的真實模樣明明是一隻巨狼，卻總是躲在如此嬌小的身軀裡，與羅倫斯這般市井旅行商人在廣大世界的小角落旅行。看見這樣的赫蘿，羅倫斯時而會感到心疼。看在羅倫斯眼裡，赫蘿彷彿拚命要讓自己去配合這個世界。

而且，赫蘿在尋找故鄉途中，追著過去同伴的軌跡來到這裡。這絕對不是一件正面樂觀的事情，而赫蘿總是必須面對無能為力去改變的結果。

赫蘿在鄉下麥田裡待了好幾百年，但現在總算跟上了時代腳步；或許可以用這樣的說法來解讀赫蘿現在的處境，但世上會有如此大的變化，並非赫蘿所造成。

羅倫斯再次撫摸赫蘿的瀏海，並陷入思考。

接下來，我們要在雷斯可做什麼？到處探聽德堡商行有何企圖，然後在發現其企圖規模之大後，舉高雙手投降嗎？還是在得知德堡商行只是在慾望驅使下，擬出思想簡單得令人難以置信的賺錢計畫後，因憤怒而發抖呢？

無論是前者或後者，都不是什麼好事。

在一片積雪的溫菲爾王國修道院裡，赫蘿一邊踢踏朝陽下閃閃發亮的白雪，一邊說過這樣的話——

——這次有機會參與。至少有機會知道發生了什麼事情。

羅倫斯兩人能夠做到的程度，頂多如此而已。

羅倫斯忍不住怨恨起自己不是英雄故事裡的主角。對羅倫斯來說，赫蘿明明有著無法用言語形容的重要性，卻不能為赫蘿做任何事情，這讓羅倫斯覺得甚至失去活著的意義。

赫蘿的睡容看起來也像是哭累了而睡著。

要怎麼做才能夠讓這般面容化為笑臉呢？

就算是因為傻眼而笑也好，苦笑也行。

不過，可以的話，羅倫斯希望那笑臉是對未來抱有希望的笑臉。

羅倫斯希望赫蘿不是坐在暖爐前回想起往事後，為了掩飾悲痛舊傷而露出笑臉，而是在萬里晴空下，一邊因為刺眼陽光而不停眨眼，一邊不知道即將要迎接什麼樣的一天而露出滿懷期待的笑臉。

羅倫斯思考了自己能夠做些什麼後，發現幾乎沒有什麼選擇。

而且，羅倫斯中午才剛被赫蘿取笑過。

既然如此，為了看見那笑臉，羅倫斯只能夠投入全力。

看見赫蘿終究還是完全沉沉睡去，羅倫斯將她從書桌前拉開，然後抱上床睡覺。羅倫斯照著離開旅館時為赫蘿穿衣服的相反順序脫去衣物，好讓赫蘿睡得舒服一些。赫蘿毫無防備，身體就像貓咪一樣溫暖又柔軟。雖然難免會有一股邪念忽然從心中湧起，但羅倫斯勉強抑制住了。

另一方面也是因為有另一件事情，讓羅倫斯的心情更加興奮。

輕輕撫摸一下赫蘿的睡容後，羅倫斯披上外套準備走出房間。正要離開之際，羅倫斯忽然停下腳步，並拿起書桌上的圖畫。確認墨水已經乾了後，羅倫斯把圖畫放在赫蘿的枕頭邊。或許是覺得墨水味道嗆鼻，赫蘿發出「呼咕」的一聲怪聲，聽起來有趣極了。

羅倫斯離開房間，在走廊上走著。

然後，羅倫斯沒有下樓，而是上了樓。

羅倫斯兩人從街上回來時在旅館裡與對方擦身而過後，就沒聽到什麼腳步聲，所以對方應該還在房間裡才對。

羅倫斯在沒能夠完全掩飾住緊張情緒之下，咳了一聲後，敲了敲房門。
房門打開後，一名銀色頭髮和鬍鬚修剪得十分整齊的壯漢出現在門後。
他是繆里傭兵團的參謀官。

第三幕

參謀官表示其名為馬克斯．摩吉。

對方主動要求握手後，羅倫斯發現對方的手握起來十分奇特。

坐上椅子、看見堆高在四周的紙張和羊皮紙束後，羅倫斯察覺到那是因為寫字長出的筆繭和練劍長出的繭混在一起，才會有這般奇特的觸感。

「您想了解城鎮的狀況？」

看見羅倫斯來訪，原本訝異地不停眨著眼睛的摩吉，如小動物般轉動大眼睛問道。

雖然魯華似乎沒有向摩吉說明羅倫斯兩人的真實身分，但是感覺上比較像是當他已經心知肚明，而非刻意不點破。

就算事實不是如此，魯華似乎也下達了「將這兩人奉為上賓」的嚴格命令，所以儘管手邊有事情要忙，摩吉還是放下工作與他見面。

「是的。早上到街上稍微逛了一下後，我從商人的角度來看，看到許多非常感興趣的事。」

尤其是那面寫著工匠不受任何規定限制的石板。

正因為任何地方都有訂下規定，人類才能夠站在比動物優勢的立場。

羅倫斯曾在一座城鎮聽過這句話，這是一位以偉大戰略家之姿名震四方的領主留下的話語。

羅倫斯因行商而固定拜訪的城鎮，都會訂定規定來限制工匠；這是多方思索後做出的決定，絕對不是因為討厭工匠等膚淺的理由。

「嗯……您說得是，這個城鎮確實有一些與其他城鎮不同的地方。」

摩吉一看就是個經驗老道、個性粗暴的壯漢；聽到這樣的年長壯漢對自己說話畢恭畢敬，讓羅倫斯覺得很不自在。如果形容這是對待貴賓之道或許中聽，但小伙子們的態度就像把羅倫斯兩人當成國王在對待。

原來如此，難怪赫蘿會不喜歡被人看待成神明。

「我在工匠街上看見一塊石板，上面刻著『雷斯可不訂定規定限制工匠』等字句。」

聽到羅倫斯這麼說，摩吉在堆了各式各樣物品的書桌另一端瞪大了眼睛。

然後，就像勉強扭曲岩石般，摩吉扭曲其充滿威嚴的表情，在臉上堆出笑容說：

「原來如此，所以兩位才會站在出售中的店面門口不動啊。」

羅倫斯心想，可能是被哪名團員撞見那場面了。

雖然臉頰不禁有些泛紅，但羅倫斯正是前來詢問這件事情，所以沒什麼好怕的。

在羅倫斯能力所及的範圍內，並且能夠讓赫蘿開心的事情，就只剩下這一件而已。

如果只集中於調查德堡商行的動向，最後會變成只是在確認自己的不安。不過，如果不這麼做，而換成為了確認羅倫斯能否在雷斯可擁有商店做調查的話，意義就會大大不同。

而且，如果真的沒有與德堡商行對抗的打算，也不需要對約伊茲做些什麼的話，說不定羅倫斯真的會在恍惚之間成為雷斯可的城鎮商人。

既然要做，當然應該朝向好的方向去做。

「正是如此。我會在這裡借用您寶貴的時間，也是為了詢問這件事情。」

「也就是說，您想要問我來自異地的商人如果想在雷斯可開店，是否也不須遵守任何規定，是嗎？」

羅倫斯緊張地嚥下口水，並點了點頭說：

「是的。」

羅倫斯之所以想要趁著赫蘿睡著時前來詢問，就是因為不想讓赫蘿看見他如此緊張的模樣。

羅倫斯當然會想在赫蘿面前表現得帥氣些。

「更何況，此地沒有我隸屬的公會洋行。不僅如此，公會的高層幹部甚至提醒過我不要與雷斯可扯上關係。可是，如果反過來說……」

「這會是捷足先登的好機會——您是這個意思吧？」

站在統率傭兵團立場的人，果然思考方式也與商人沒什麼兩樣。

比起必須在人際關係束縛之中生活的城鎮商人，其想法搞不好與羅倫斯更接近。

「就我在雷斯可停留一陣子的經驗來說，應該完全沒有規定這方面的問題。」

摩吉單刀直入地這麼說。
「而且，憑羅倫斯大人的觀察力，看見城鎮的模樣後，應該察覺到了吧？」
聽到摩吉稱呼「羅倫斯大人」，羅倫斯忍不住想要露出苦笑，但羅倫斯知道摩吉這些傭兵是非常在意彼此地位的一群人，他們在意的程度更勝商人，如果羅倫斯因為對方恭敬的態度而發笑，那會是非常失禮的表現。
羅倫斯表情嚴肅地開口：
「的確，我也在想應該是那麼回事。這裡的工匠街與南方城鎮的感覺十分相像，而且這家旅館負責看管馬廄的小伙子，也不是這一帶出生的人吧？」
「一點也沒錯。這裡是移民城鎮。」
活在戰爭世界裡的傭兵們，想必協助過無數次殖民行動，也看過無數次殖民現場。
「不過，這個城鎮成立的歷史不長，更沒有經過大肆宣傳。我想可能是不想與鄰近地區的領主、城鎮和人民起衝突吧。這裡就連距離德堡商行的礦山這個經濟來源，都還有一些路程。」
羅倫斯也察覺到了這件事情。羅倫斯原本以為如果是直接管轄礦山的商行，該礦山出入口肯定會有城鎮，也肯定會有以礦工為對象的生意。
「聽說這批殖民，是在越過普羅尼亞繼續前進，再往南方走上漫長的路程後，在南方大帝國附近的城鎮召來的。多數人都是經過海路、從西方海岸線來到這裡。聽說您是從雷諾斯來到這裡，想必幾乎收集不到關於雷斯可的情報吧？」

聽到摩吉的詢問後，羅倫斯點了點頭說：

「雷諾斯的城鎮商人幾乎都不知道雷斯可的情報。」

「據說雷斯可這個地方，原本是德堡商行為了讓商行的人有地方生活而建蓋的城鎮。不過，即使現在已發展成這般充滿活力的城鎮，德堡商行還是表現出想把雷斯可悄悄藏起來似的態度，並且極力避免突顯雷斯可的存在。」

德堡商行直接管轄大礦山地帶，其掌控的城鎮又發展得繁華熱鬧，也難怪會想藏起雷斯可。如果一個旅行商人旅途中在身上戴了一大堆珠寶，又一身高雅裝扮的話，想必還沒遭到狼襲擊，就已經先遭到人類襲擊了。

「畢竟德堡商行會有如今的地位和財富，其實不是一蹴可幾的。他們閃躲過無數權力人士的強奪，一路來不停反覆結盟，以牽制週遭的敵人。因為德堡商行是一家以這種危險方式發展過來的商行，所以聽說他們的成員之中，也有很多在自己國家失去地位、或已經失去一切、不然就是只能夠在這裡重新來過的人。」

摩吉說到這裡停頓下來，他合起粗大的手掌，露出了溫柔的表情說：「也就是說……」

以世俗眼光來看，傭兵團總是被看成龍蛇雜處的地痞匪類，而對於一個傭兵的管理者來說，德堡商行或許十分具有親切感。

「也就是說，一路受傷過來的人，也懂得如何溫柔對待他人。這樣形容德堡商行或許太過誇張，但我的意思是說，他們想要甩開過往的習性和錯誤觀念。比起強勢地去控制人們，德堡商行似乎相信藉由自由之名讓人們聚集過來，才能夠讓一切順利運作。他們計畫對北方地區做的事情……團長應該告訴過您這事情了吧？」

羅倫斯回想起昨天的對話。

魯華說過德堡商行可能認為正因為大家各有想法，才能夠利用各有想法這點，來征服一直無法順利支配的土地。

「事情如果能夠順利運作，會是一件好事，而且以現狀來說，似乎也運作得很好。更重要的一點是，雷斯可的工匠品質之高，是可以掛保證的。」

摩吉保持坐在書桌前方的姿勢，扭轉身子握住放在牆邊的劍柄。

隨著「鏗鏘」一聲傳來，同時從劍鞘拔出一把微微發出藍光的好劍。

「不只是南方，在這年頭，光靠手藝是無法在世上生存下去的。只要撒下自由當作誘餌，就會有一大堆手藝好得令人難以置信的工匠聚集過來。所以，我認為雷斯可……」

說著，摩吉撒手，長劍隨即收進劍鞘之中。

雖然摩吉的職務是參謀官，但絕非只是空有頭腦的人物。

羅倫斯深覺自己太過稚嫩而感到極度羞愧。

「未來應該會有令人難以置信的發展。」

若打聽到有新興的城鎮，羅倫斯這些旅行商人就會前往拜訪，所以嚴格說起來，旅行商人算是到處遊走、目光較廣的一群。

然而，傭兵們是在正常人絕對不敢靠近的戰爭之中，在世界各地打滾。他們肯定親眼見識過無數即將遭到火燒的城鎮長什麼樣子，而浴火重生的城鎮又是什麼模樣。

而且，以傭兵的個性而言，他們怎麼看都不像會輕率說出樂觀話語。

這般個性的摩吉給了雷斯可「應該會有令人難以置信的發展」的評價。

甩開過去以及習性，在自由之名下求發展的城鎮。

這如果真是事實，當多數人得知這個城鎮的存在後，想必都會有一個想法。

那就是——原來神明沒有捨棄我們。

「所以，羅倫斯大人，我認為您計畫在這裡開店的想法完全正確。當初我們是因為聽到危險話題而被吸引到了這裡，但實際來到這裡後，卻發現是這般模樣。老實說，我不認為德堡商行會引發戰爭。」

如果德堡商行真的不打算引發戰爭，對羅倫斯兩人而言，雷斯可等於是一座天堂。

一個比較新，也沒有太多束縛的城鎮，不僅對於以旅行度日的羅倫斯來說是個好去處，對赫蘿也是一個比較方便的地方。

羅倫斯並沒有放棄天真的想法。

如同在凱爾貝向經營畫商生意的羊化身——攸葛詢問到的方法，世上還是有能夠讓赫蘿這般存在混在人類世界裡生活的方法。與鍊金術師生活在一起的鳥化身狄安娜，還有扮成牧羊人、在溫菲爾王國創造出羊隻第二故鄉的哈斯金斯，也混在人類世界裡生活著。

既然已經有這麼多例子存在，羅倫斯兩人一定也能夠融入其中。

在這世上打滾一段時間後，總容易抱有一種「莫大幸運一定不會降臨在自己身上」的想法，而這樣的想法絕非錯誤。儘管如此，既然有多數前例存在，抱著自己也能夠成為其中一個例子的期待，想必也絕非天真妄想。

羅倫斯嚥下口水，好讓自己冷靜下來。

摩吉臉上掛著穩重的笑容。

他的眼神像注視著志願加入傭兵團的年輕人。

摩吉的態度讓羅倫斯內心產生一種喜悅、難為情以及懊惱情緒交雜在一起的複雜情感。

所以，為了至少做出一些抵抗，羅倫斯這麼說：

「不過，我聽說在戰爭結束的那一刻，才是獲勝的最佳良機。」

摩吉露出心滿意足的笑容說：

「您的年輕鬥志真令人羨慕。」

羅倫斯一邊笑笑，一邊打從心底暗自慶幸沒有帶赫蘿一起來。

赫蘿醒來，卻發現羅倫斯不在身旁——

羅倫斯沒有讓這種事情發生。

因為過了中午時間，赫蘿還是沒有醒來，所以羅倫斯在摩吉的邀請下，到樓下的食堂與傭兵們共進午餐。

雙方如果是在城鎮外相遇，那會像狼與羊的關係一樣，分成獵人與獵物。

對方也明白這樣的道理，所以一開始由摩吉率先開口說話後，才勉強能夠聊下去。

儘管氣氛不算和諧，但因為同是沒有居住在城鎮裡的人，所以還是會發現一些共同點。大家聊著旅途上的甘苦談，或是讓糧食多少能夠美味一些的小智慧等話題，聊得十分熱烈。

午餐時，魯華團長並沒有與大家同席。聽說魯華為了與其他傭兵團的團長或貴族會面，回到旅館的時間其實不多。實質上似乎是摩吉在旅館裡決定傭兵團營運方面的大小事，其他團員也把摩吉視為父親一樣尊敬崇拜。

因為工作上的緣故，羅倫斯一路來大多是獨自旅行，所以親眼看見摩吉等人的羈絆後，不禁有些想要學起赫蘿鬧彆扭。

不過，如果有機會設立商行，羅倫斯一定也會擁有自己的屬下，並擁有能幹的左右手，然後與屬下們共進午餐或晚餐，也能夠參與他們人生中的各個重要時刻。這麼一想後，羅倫斯的心情也跟著愉快了起來。

當然了，羅倫斯希望那時候與他最親近的人會是赫蘿。

羅倫斯一邊想著這些事情，一邊度過了午餐時光。

所以，當羅倫斯回到房間待了一會兒後，發現赫蘿醒來時，才會有一種赫蘿好像在尋找他的感覺。羅倫斯甚至還覺得聽見了赫蘿安心地嘆了口氣。

「嗯～……」

赫蘿咬住牙根，巧妙地打了呵欠。如同睡一覺後大部分的傷口都會痊癒的道理一樣，赫蘿這般舉止不像演技，並且散發出一貫的悠哉氛圍。

一會兒打呵欠，一會兒伸懶腰好一陣子後，赫羅總算發出「嗯？」的一聲，並發覺自己手中握著一張紙。赫蘿睡著時似乎也沒有鬆開手，所以把紙張捏成皺巴巴一團。

赫蘿發出「沙沙」聲響攤開紙張，並在發現是什麼內容後，發出「唔」的一聲低吟。

「妳午餐要吃什麼？」

羅倫斯一邊整理手邊堆高的貨幣，以及用來計算的紙張，一邊問道。

一個照著教會鐘聲過活的虔誠正教徒，根本不可能在這種時間吃飯，但幸好教會的威信在雷斯可似乎也無力許多。雖然在街上會看見聖職者到處走動，但照摩吉所說，似乎都是一些想要與德堡商行保有金錢關係的傢伙。對人們而言，金或銀往往是比貨幣更特別的東西。

就是在羅倫斯兩人曾經造訪過的留賓海根，也是一樣的狀況，黃金只要經過教會加持，就會變成藏有特別力量的東西。

無論是商人還是教會相關人士，或許都會為了拜訪重要商品的採購對象，而到處遊走。

「嗯～……隨便吃一些就好。」

「行李裡面還有一大堆樹果乾。」

那些是昨晚、以及今天早上吃不完而剩下的樹果乾。

赫蘿心裡肯定也覺得自己應該要好好吃飯才行。

赫蘿動作緩慢地走下床後，照著羅倫斯所說在行李裡翻找出裝滿樹果的袋子。然後，赫蘿站起身子走近羅倫斯，並在發出「嘿咻」一聲的同時，往桌角一坐。

可能是鋪上了好幾層高級棉被，床鋪的保溫效果絕佳。對於原本體溫就偏高的赫蘿來說，保溫效果似乎更好，赫蘿剛起床而帶有濕氣的身軀散發出比平常更濃的體香。

「要吃多少分量自己決定一下啊，不然一下子就被妳吃光了。」

羅倫斯皺起眉頭說道，並強忍著不讓自己受到誘惑。

不過，事實上赫蘿面對食物時，會變得比小孩子還貪吃。雖然現在有多到快滿出來的樹果，但幾天後還是有可能一邊心想「要是沒吃完那些樹果就好了」，一邊因為餓肚子而苦不堪言。

明明如此，赫蘿卻還是一副把羅倫斯的話語當耳邊風的模樣。雖然看見赫蘿恢復平常的樣子讓人感到開心，羅倫斯還是忍不住思考起應該說什麼話反駁回去。

赫蘿一邊不停擺動雙腳，一邊把樹果丟進嘴裡，然後忽然俯視著羅倫斯，開口說道：

「哎，偶爾就聽聽汝的話好了。」

赫蘿抓了一把樹果放在書桌上後，重新綁緊袋口。羅倫斯心想太陽可能要打從西邊出來了。

這時，赫蘿從桌上的樹果當中挑了一顆，然後輕輕往羅倫斯的嘴裡塞。

「畢竟汝好像乖乖忍了下來。」

羅倫斯發出「嗚」的一聲低吟，樹果也從嘴邊掉了下去。

看見赫蘿一邊用另一隻手抓住自己的衣服領口，一邊說道，羅倫斯知道不是自己會錯意。

不過，羅倫斯之所以發出低吟聲，是因為無法否定自己有過邪念。

想起在小巷子裡的事件後，羅倫斯一邊心想不知道赫蘿會不會生氣，一邊瞥了赫蘿一眼。

赫蘿雖然沒有生氣，但露出顯得有些尷尬的笑容。

羅倫斯察覺到那是感到可惜的笑容後，被赫蘿用手指彈了一下額頭。

「汝真的是什麼都不懂。」

「？」

雖然羅倫斯沒有否認，但同時也覺得這純粹是因為赫蘿都不坦白。還是說，這就是傳說中撲朔迷離的少女情懷呢？

羅倫斯撿起掉落的樹果往嘴裡送，只覺酸中帶著淡淡甜味。

赫蘿從書桌上走了下來，但似乎只是因為想喝水。赫蘿從床舖旁的架子上拿起水壺，當場喝了幾口後，拿著水壺走了回來。

「那，汝趁著咱睡著的時候，偷偷摸摸做了什麼？」

叩！羅倫斯的後腦勺被水壺敲了一下。

雖然那感覺有些像一片黑暗中被人用長槍前端頂著頭，但羅倫斯自覺還算冷靜。因為羅倫斯聽見了赫蘿這麼說：

「不會是忙著寫信給那個牧羊女唄？」

赫蘿第一個就說出這個可能性，就表示她在工匠街已經有所察覺。

而且，赫蘿的口吻雖然像在責怪，身體卻慢慢往羅倫斯的背上靠。如果赫蘿這時開口說「不要想其他雌性的事情好嗎？」或許還顯得可愛，但嚴格說起來，赫蘿的表現像是在說「汝應該知道誰才是老大唄？」

赫蘿一恢復正常，就立刻擺出這副姿態。

看見羅倫斯露出厭煩的表情後，赫蘿一邊發出咯咯笑聲，一邊捏住羅倫斯的臉頰。

「我怕如果偷偷寫信，妳可能又會大哭大鬧，所以打算取得許可後再寫。」

「嗯。這樣的態度不錯。」

「我可以寫信給她嗎？」

「嗯。就答應汝唄。」

赫蘿說話時，還一邊像貓咪之間會做出的舉動那樣，與羅倫斯互相摩蹭太陽穴。

赫蘿繞過羅倫斯重新坐上書桌，然後撿起樹果往嘴裡送。

羅倫斯一副感到疲憊的模樣嘆了口氣，並收拾起排列在紙上的金幣和銀幣。

「那，汝這是在做什麼？」

「我在數錢。因為一路來在城鎮總是沒什麼機會好好靜下來。」

「唔。」

赫蘿之所以發出低吟聲，想必是以為羅倫斯是指盤纏的事情。

赫蘿看著手中的樹果，然後看向羅倫斯。

「咱吃太多了……嗎？」

儘管覺得不應該笑出來，羅倫斯還是忍不住笑了出來。

不出所料地，赫蘿果然露出一張臭臉，並且毫不客氣地踢了羅倫斯一腳。

「別生氣啦。我不是那個意思，我是在計算一路來的整體收支。因為跟妳在一起總會遇到很多讓人頭昏目眩的事情，根本沒機會靜下來算錢。」

雖然掌握得到大致上的收支狀況，但羅倫斯不是很清楚實際狀況究竟如何。這陣子有很多人贈送東西給羅倫斯兩人，也免費住了旅館，所花費的旅費並沒有多到會讓赫蘿擔心的程度。

羅倫斯想起自己也借了錢給公會洋行，心想財產果然大幅增加了不少。

屈指數一數後，羅倫斯發現說來說去還是做了很多賺錢的交易。另一方面，羅倫斯也有過失敗經驗，讓好不容易到手的大筆利益化為烏有。

儘管有過這樣的經驗，羅倫斯還是賺了錢，所以應該好好感謝上天。

這將近半年的時間，羅倫斯享受了濃縮這麼多精華的旅行商人生活。光是這點就讓羅倫斯有賺到了的感覺，但現在除了賺到利益之外，身旁還有赫蘿陪伴。

「……怎麼著？一副噁心兮兮的表情……」

察覺到羅倫斯的視線後，赫蘿皺起眉頭這麼說，但那表情絕非是在害怕羅倫斯的模樣。

「沒事。」

聽到羅倫斯回答後，赫蘿一副感到無趣的模樣甩動一下尾巴，然後吃起樹果。

羅倫斯感覺到這正是幸福的時刻。

羅倫斯仰望著赫蘿，並露出笑容。

雖然赫蘿覺得有些噁心地俯視著羅倫斯，卻也沒有從書桌上走下來。

所以，看著一路來的多項收支統計，加上與赫蘿相遇前儲蓄下來的財產而得的金額後，羅倫斯感謝起神明。

一千七百枚崔尼銀幣。除此之外，也在各地建立了過去根本想像不到的人脈。只要把這兩樣加起來，先是購買店面、準備商品，再雇用員工後，仍有足夠資金做生意下去，而這樣的計畫不再完全只是夢想。

「什麼嘛，汝賺了不少錢嘛。」

探出頭看向寫下計算結果的紙張後，赫蘿用著彷彿在說「發現獵物！」似的音調這麼說。羅倫斯做出用餐時總會做出的動作，用手擋在自己與赫蘿之間說：

「這是很重要的錢。」

然後，聽到這句話的瞬間，赫蘿高高豎起耳朵。

這時羅倫斯的記憶之所以會瞬間中斷，是因為赫蘿像在打蚊子似地打了羅倫斯的鼻子。

「這還用說嗎？汝把咱當成什麼樣的人了！」

雖然赫蘿還叨叨絮絮地說著「這隻大笨驢真是沒有禮貌」之類的話語，但羅倫斯儘管挨打，還是覺得有些開心。

「那些是辛苦掙來的錢，不是麼？」

因為羅倫斯聽見了赫蘿這麼說。

而且，赫蘿還露出了認真的眼神。

感到開心的同時，羅倫斯也同樣感到難為情，所以不禁別開視線這麼說：

「妳開的玩笑真的很難懂。」

赫蘿面無表情地抓住羅倫斯的鼻子左拉右扯。

儘管鬧成這樣，但赫蘿一直沒有離開羅倫斯身邊。

如果是在平常，整過羅倫斯後，赫蘿就會滿足地梳理起尾巴，這次卻沒有這麼做。赫蘿一邊責怪或用手指頂羅倫斯，一邊在旁邊望著羅倫斯寫信的舉動──他照著方才所說，真的要寫信給諾兒菈了。

或許赫蘿是想待在羅倫斯身邊也說不定，但也可以有更加透徹的解讀。

也就是，赫蘿是為了一字一句地檢查寫給諾兒菈的書信內容，以監視羅倫斯是否不小心寫了不該寫的話。

赫蘿是擁有亞麻色頭髮的狼化身，而諾兒菈是擁有金色頭髮的牧羊女。

因為伊弗與赫蘿的類型有些不同，所以赫蘿似乎不怎麼在意，但對於諾兒菈，赫蘿一直抱著微妙的敵意。

赫蘿與諾兒菈確實也散發出完全相反的氛圍。如果形容諾兒菈是適合安穩坐在暖爐旁談心的對象，赫蘿就是適合在酒吧互撞啤酒杯一起大笑大鬧的對象。

羅倫斯在腦中受到這般無意義想法的干擾下，開始寫信給諾兒菈。因為羅倫斯想要一邊閃避赫蘿的嚴厲目光，一邊寫信，所以動筆的速度當然快不了。羅倫斯不斷低聲呻吟時，赫蘿竟開口提議：「要不然咱來寫好了。」

要是交由赫蘿來寫，肯定會寫出像挑戰書的內容。

畢竟赫蘿與諾兒菈兩人曾經齜牙咧嘴地對峙過，所以羅倫斯這般想法也非全然是抱著開玩笑的心態。

不過，儘管對象是諾兒菈，赫蘿還是沒有阻礙羅倫斯寫信。這想必是因為赫蘿知道羅倫斯是在幫助他人追逐夢想。

赫蘿一邊吃著樹果，一邊多管閒事地給一大堆意見，或是說一些孩子氣的話語，像是「汝真的喜歡那窮酸樣的女孩嗎？」之類的。不過，羅倫斯察覺到赫蘿時而會欲言又止。

直到最後一刻，赫蘿才說出真正想說的話語：

「那，究竟怎樣？」

羅倫斯在紙上撒沙子，以吸取多餘的墨水時，赫蘿為了假裝沒什麼事而像在繼續閒聊似地開口說話。

不過，不可否認地，赫蘿的態度很不自然。

赫蘿當然不可能真的在詢問羅倫斯覺得諾兒菈怎樣，更不可能是在確認羅倫斯的財產多寡。

憑赫蘿的敏銳洞察力，想必一眼就能看出羅倫斯為何算錢。畢竟不久前羅倫斯才因為在街上看見出售中的店面，而被吸引到忘我的程度。

羅倫斯以最大極限發揮身為商人鍛練出來的演技，一副有人詢問他天氣似的模樣回答：

「嗯？喔，如果有意願，應該是能開店吧。」

羅倫斯有些猶豫該不該加上一句「我是指在金錢面上」，但最後沒有說出來。

因為從赫蘿的側臉中，羅倫斯看到像在思考著什麼的表情。

「喔～」

一路來因為赫蘿老是不肯坦白，害得羅倫斯與赫蘿之間鬧出不少裂痕。

不過，這多少也是因為羅倫斯沒有好好替赫蘿著想過。

更大的問題點是，就算羅倫斯有好好替赫蘿著想過，羅倫斯思考時的前提也有一些問題。

直到不久前，羅倫斯總會忍不住感到懷疑。

不過，現在狀況不同了。

現在羅倫斯能夠抬頭挺胸地說「赫蘿是喜歡我的」。這種喜歡絕不是像受到某村落村民的信賴，或是受到某商店的人看重之類的喜歡。也不是會牽扯上損益的事情。

羅倫斯有種頭皮發麻的感覺。

「如果我要開店，要開在哪裡好？」

羅倫斯甩了甩紙張，讓沙子落下來。紙上好像還有很多空白處，應該可以多寫上一些文字，但如果寫了非實務性的內容，赫蘿肯定會生氣。

羅倫斯這麼想著時，赫蘿臉上浮現嘔氣表情看向羅倫斯。

「看見汝在那間出售中的店面前露出那種表情，咱還可能說出其他地方嗎？」

不出羅倫斯所料地，赫蘿果然這麼說。

不過，羅倫斯一副不大在意的模樣這麼說：

「我就在猜妳會回答不出來。因為我知道妳很體貼。」

赫蘿先是露出像是吃飯時不小心咬到舌頭似的表情，跟著露出顯得懊惱的表情。

赫蘿的尾巴看似痛苦地扭來扭去。

「……汝就只有在這方面，才會這麼伶牙俐齒。」

「因為我是商人啊。」

「哼。」

赫蘿用鼻子哼了一聲後，突然從書桌上走下來。

「不過，倘若這裡的那家什麼商行，企圖做出會惹得咱不高興的事情……」

赫蘿扭動脖子發出喀喀聲響，那動作看起來像是在上戰場前做著暖身運動。

「咱打算表現得像個柔弱少女一樣退出戰局。」

柔弱少女如果聽了，肯定會覺得受不了赫蘿，但赫蘿狡猾的地方是，其壞心眼的個性以及薄薄一層臉皮底下，其實比她本人所形容的更加纖細。

羅倫斯點了點頭回答：

「城鎮到處都是。我沒打算拘泥於此。不過……」

羅倫斯之所以會在最後加上一句「不過」，是為了阻擋赫蘿開口。

羅倫斯多少也學會了一些應付赫蘿的方法。

「應該可以讓我調查看看吧？」

赫蘿平常的言行舉止明明任性得令人受不了，有時卻喜歡放任他人耍性子。如果有人依賴赫蘿，赫蘿會很高興；如果有人拉赫蘿的手，赫蘿也會開心接住對方的手。

過去羅倫斯已做好獨自生活下去的心理準備，並且理所當然地認為必須以懷疑所有人為前提來過日子。而赫蘿與這樣的羅倫斯不同。

赫蘿在命運安排下，獨自在帕斯羅村孤獨生活了好久。

當初赫蘿會離開約伊茲，也算是因為孤獨。

所以，儘管赫蘿一邊顯得不悅地扠腰嘆息，一邊瞇起眼睛注視著羅倫斯，尾巴卻是看似開心地甩動著。

「……汝趁著咱在睡著時動腦思考過唄？」

赫蘿似乎有所認知，也知道道純粹只是調查德堡商行的動向，是一件多麼沒有建設性的作業。赫蘿的琥珀色眼珠訴說著「明明是一隻大笨驢，還這麼囂張」。

「哎，如果只是要調查看看，無所謂唄。反正也是順便而已。」

赫蘿應該也察覺到自己尾巴的反應，但還是堅持演戲下去。羅倫斯心想，赫蘿八成是想表達「汝不是喜歡咱這樣嗎？嗯？」而羅倫斯正是喜歡這樣的赫蘿，所以也無從抱怨起。

「謝謝。」

羅倫斯帶著苦笑意味說道，赫蘿也噗嗤笑了一聲，然後輕聲回答了句：「嗯。」

事實上，羅倫斯考慮在雷斯可開店時必須做的事前調查，與探查德堡商行的企圖幾乎是同一件事情。

德堡商行是雷斯可的真正支配者，而且無論打算在哪個城鎮開店，理所當然都會調查當地支配者的狀況。

然後，收集這些情報的最快方法就是向居民打聽。羅倫斯帶著赫蘿最先前往了旅館的馬廄。到了馬廄時，小伙子正好在餵乾草給羅倫斯的馬兒吃，發現羅倫斯出現後，小伙子表現出甚至讓羅倫斯覺得其前途可畏的親切態度。

「您是說雷斯可嗎？」
寇爾是個直率善良的少年，但與人相處的態度卻非常消極。就這點來說，馬廄的小伙子很懂得如何與顧客應對。
「我不知道自己有沒有辦法回答這個問題呢……」
「我認為在雷斯可做生意，應該很不錯，所以想調查一下這方面的事情。你只要說說這邊的氣氛就好了。」
「您是說氣氛嗎？」
小伙子思考了一下，但沒有停下手邊的工作。
小伙子勤快地放下乾草、綁上繩子，然後把垃圾掃到角落去。
這般工作態度是因為受到相當嚴格的訓練，還是自己學來的呢？
羅倫斯心想，應該是後者吧。
「其實，我不是在雷斯可出生的人。」
少年這麼切入話題。
「我是從南方搭船來到這裡。我們搭船搭了好幾星期，中途還發生過一場流行病，害得我朋友死了。不過……」
少年如寶石般的藍色眼珠，直直往上注視著羅倫斯。

「如果我會寫信的話，我想寄信到我出生的城鎮，然後告訴他們『來雷斯可比較好』。」

愈古老的城鎮，就愈容不下新來者。

從前與羅倫斯共爭赫蘿的阿瑪堤，也是這樣捨棄了城鎮而北上。

「你覺得雷斯可的什麼地方這麼好？因為熱鬧嗎？還是有其他什麼原因？」

羅倫斯詢問後，少年舉起看起來比他還重的乾草桶，搖搖晃晃地搬運。少年放下沉重的桶子後，臉上浮現符合其年齡的笑容這麼說：

「因為自由。」

在工匠街看到了這個字眼，摩吉也說過這個字眼。就連對於好事總是抱持深度懷疑態度的羅倫斯，也忍不住想要盲目地相信這個字眼。

然而，雷斯可是德堡商行所掌控的城鎮，也不乏傳出像是「德堡商行企圖壓制北方地區」或「準備大肆開闢高山和森林、進而挖出礦物」之類的傳言。

當然了，羅倫斯不認為摩吉的發言全盤皆錯，嚴格說起來羅倫斯甚至願意接受摩吉的判斷。

儘管如此，羅倫斯還是自知不能被這些訊息影響，輕易地相信這件事。如果回想一下羅倫斯與赫蘿當初聽到德堡商行時的感受，自由這個字眼與商行印象絕對是水火不相容的存在。會不會是這樣的緣故，使得羅倫斯變得過於謹慎呢？

羅倫斯向小伙子道謝後，離開了旅館。

對於小伙子的說法，赫蘿似乎也抱持保留態度。

「也去問問其他人的意見好了。」

在那之後，羅倫斯也在前往廣場途中，好幾次試著向攤販商們詢問意見。

然而，這些攤販商也都說出了相同的字眼——自由與活力。不僅如此，當羅倫斯說出自己聽到即將發生戰爭的話題時，每個人都笑著搖了搖頭。雷斯可充滿了活力，而實質統治雷斯可的德堡商行也生意興隆。在這般狀況下，怎麼可能引發得砸大錢，還只會招來民怨、讓城鎮變得貧困的戰爭呢？甚至還有人說，德堡商行其實應該是想要消除附近土地的爭執才對。

總而言之，雷斯可是一個自由的地方，而德堡商行是老百姓們的支持者。

羅倫斯與赫蘿終究還是得被迫修正對於德堡商行所抱持的印象。

「會不會是因為一開始的印象太差啊？」

坐在石階上稍做休息時，羅倫斯說道。

「就是覺得不想直率地接受大家說的話。」

「不過，咱聽不出城鎮那些人是在說謊。」

赫蘿的耳朵在兜帽底下不停地微微顫動著，羅倫斯點了點頭。就算是德堡商行再怎麼細心地操縱輿論，百密終究會有一疏。一定會有人不小心露出馬腳，而且，其實只要在街上走動就會立刻明白——根本感覺不出德堡商行在干涉人們。

德堡商行的建築物位於距離廣場不遠的街道上，該處不像貨物轉運站，反而散發出像人們聚集在一起談事情的洋行氣氛。

而且，德堡商行的建築物看起來不會太過廉價或太過奢華，有一種沉穩踏實的感覺。對於老百姓來說，是一個極度理想化的地方。

而且，乍看之下，德堡商行的理想表現讓人感覺不到有所破綻。自由就像太陽一樣公平地灑落在每一個地方，城鎮的居民們也為自由而高聲歌頌著。

羅倫斯不斷湧上想要立刻舉高雙手、讚揚這座城鎮的衝動。不過，讓羅倫斯仍抱持懷疑態度的一點，正是這太過理想化的地方。

有利可圖的事情必定有其內幕，而羅倫斯過去會陰溝裡翻船，大多是在忘了這一點的時候。

「那，汝打算怎麼做？」

這時，赫蘿有些失去幹勁的模樣問道。

到底是城鎮居民騙人，還是兩人沒必要地疑神疑鬼呢？以現況來說，根本沒有什麼辦法能夠一刀砍斷這般迷惑。

況且，既然沒有非得解開迷惑的壓力在，就不該死心眼地堅持己見，而赫蘿也明白這一點。

「該怎麼辦呢……」

羅倫斯正苦惱時，忽然有一陣風吹過赫蘿的臉頰，使她輕輕打了一聲噴嚏。赫蘿抬起頭後，一邊揉著鼻子，一邊瞇起眼睛眺望街景。

「怎麼了？」

「唔？沒事。」

羅倫斯本以為赫蘿的好視力捕捉到了什麼，結果看見赫蘿把雙手交叉在身後聳了聳肩後，有些難為情的模樣這麼說：

「咱只是覺得這樣抱著疑心在街上走動，好像糟蹋了這麼好的城鎮。」

出乎意料的話語讓羅倫斯沒能夠立刻回答，隔了一會兒才說：「是啊。」

「這裡感覺是個非常愉快的地方吶。」

「而且有好吃的東西可以吃，對吧？」

「也有酒，也有活力。為了揭發那什麼商行的惡行而在這裡奔波，實在可惜。更重要的是，一想到汝或許會在這裡開店，就變得只看得見街上看似愉快的地方。」

赫蘿在羅倫斯身旁蹲下來，然後傾著頭「呵」地一笑。

「為了開店而做事前調查，真沒想到憑汝那頭腦會想出這個點子。只是改變了說法和心情而已，看待城鎮的態度竟會如此不同。」

赫蘿把雙手手肘倚在彎起的膝蓋上，然後用手掌捧住雙頰望著城鎮。

赫蘿的目光像是望著更遠之處。

或許赫蘿是望著遙遠的過去，也可能是望著與羅倫斯之旅的某段經歷。

雖然不知道赫蘿望著什麼，但羅倫斯知道自己的想法沒錯，也知道赫蘿的負擔減輕了一些。

光是這樣就夠了；羅倫斯這麼心想時，忽然察覺到一件事情。

「為了開店啊……啊！對了，還有一個很重要的地方沒做確認。」

「唔？汝有什麼好點子嗎？」

倘若德堡商行是因為心懷不軌，才會讓雷斯可保持這般狀態的話，應該會出現什麼不良影響才對。

城鎮的結構大多是靠著金錢所建立，而商人是解讀其流向的專家。

如果打算開店，必須先掌握到一件事情。

「先別說那麼多了，跟我來！」

牽起赫蘿的手站起身子後，羅倫斯踏出了輕盈的腳步。

在逛工匠街時已經確認過了兌換商的所在處，所以羅倫斯直接來到兌換商並排的地區。不知道是因為城裡沒有運河，還是雷斯可沒有南方地區的習俗，兌換商們並不是在橋上營業。

此外，他們也不像其他城鎮一樣會設置店面，而是在路旁鋪上草蓆，或坐在長箱子上工作。

「又要換錢嗎？」

看著兌換商們手拿天平或砝碼一邊發出叮鈴噹啷的貨幣聲，一邊作業時，赫蘿這麼詢問。赫蘿知道旅館房間裡還有一大堆在雷諾斯兌換來的貨幣。

「畢竟這裡的狀況和之前聽來的情報完全不同。這麼一來，就表示雷諾斯的行情正確度也很可疑。」

「什麼嘛，汝又被騙了嗎？」

如果是搭馬車需要花上長達六天時間的地方，就算情報少之又少，兌換好貨幣也是最基本的動作。

雖然羅倫斯很想好好教導一下赫蘿這方面的知識，但「又被騙」這句話的威力足以讓羅倫斯三緘其口。

「閉上嘴跟我來。」

看見羅倫斯板著臉說道，赫蘿反而看似開心地牽住了羅倫斯的手，

羅倫斯從成排兌換商之中，挑選了一家沒什麼生意上門的兌換商。

其他兌換商都請了小伙子招攬客人，或是掛著用其他語言寫上文字的招牌。然而，就只有這家兌換商什麼也沒做，只是悠哉地等著生意上門。

赫蘿看向羅倫斯，並以眼神詢問：「選這種地方沒問題嗎？」

雖然羅倫斯一方面是為了方便打聽消息，而盡量挑選悠哉一些的兌換商，但還有另外一個理由。羅倫斯認為這家兌換商的客群並非才來到雷斯可不久，連左右方向都分不清楚的旅人，而是在雷斯可擁有商店，事到如今已沒有必要招攬的老顧客。

這麼一想後，羅倫斯不禁覺得兌換商在兌換檯上托腮打瞌睡的模樣，彷彿在說「真是苦了那些招攬客人的傢伙了」。

「我想換錢。」

「嗯……」

不出所料地，中年兌換商保持在檯子上托腮的姿勢，仰望著羅倫斯不停眨眼。然後，兌換商瞥了四周一眼。如果發現其他兌換商有空，他或許打算勸羅倫斯找其他人換錢也說不定。

「呼……嗯～……」

兌換商一副感到麻煩的模樣伸著懶腰，全身骨頭不停發出喀喀聲響。

與其說兌換商，對方散發出來的氛圍更適合在戰場上。

「哎～混帳。啊，抱歉。這是我的口頭禪。」

兌換商不停搔著頭，他說出的話語完全不符合服務業的精神。

「你要換錢啊？」

「是的。」

羅倫斯面帶笑容說道。

兌換商不客氣地看了看羅倫斯，再看了看赫蘿後，微微揚起一邊眉毛說：

「你這人很怪喔。」

兌換商想必是沒有把羅倫斯當成客人看待，說話才會如此地直接。

「呃……您這話的意思是？」

「哎呀，我這嘴巴又自己亂講話了……沒什麼，這裡有那麼多家兌換商可挑，你偏偏挑了我這家沒有人排隊的地方，你不怕嗎？你是商人吧？」

羅倫斯忍不住笑了出來。

羅倫斯之所以會笑，一方面是因為兌換商的說話方式，但也是因為自己的猜測準確。

「兌換商的好壞，並不是由客人排隊的長度來決定的。」

兌換商噘起嘴巴，臉上有些浮現笑容，看那樣子似乎不討厭聽到這種話。

「這是當然的啊。」

「而且那些在排隊的客人都是旅人吧。」

這些旅人都是來城鎮賣東西或買東西的人。他們不是專職商人，而淨是一些農夫或到外地賺錢的人們。

「嗯～……你的眼力似乎還不錯。真是的，麻煩死了。」

兌換商伸了一個大懶腰，然後在天平兩端放上盤子。

或許是偏愛兌換商隨便至極的態度，赫蘿在旁邊一副笑嘻嘻的模樣，看來似乎頗中意的。

「那，你要把什麼錢換成什麼錢？」

「我想把崔尼銀幣換成可以在這一帶使用的貨幣。」

聽到羅倫斯的話語後，原本做著兌換準備的兌換商停下了動作。

「嗯～……嗯～……」

兌換商保持停下動作的姿勢，把羅倫斯從頭到腳看了一遍後，在兌換檯上攤開雙手手掌說：

「算你五路德就好。」

五路德的金額差不多足夠吃一頓晚餐。

雖然赫蘿臉上浮現充滿疑問的表情，但羅倫斯乖乖地付了錢。

不過，從兌換商索取路德銀幣的舉動之中，羅倫斯已經知道了很多想知道的事情。

「你打哪兒來的？」

「雷諾斯。」

聽到羅倫斯的回答後，原本在手中把弄著路德銀幣的兌換商，露出壞心眼的笑容說：

「你在雷諾斯換錢，應該換到了種類多到數不清的貨幣吧？」

赫蘿從旁仰望著羅倫斯，並且一副彷彿在說「汝又被騙了啊？」似的表情。

「是的。算一算有十四種貨幣。」

「哈！哈！哈！雖然我不知道那個兌換商是不是出自惡意，但我只能說，很遺憾地，你直接帶著崔尼銀幣來這裡還比較好。」

羅倫斯曾經去過人類居住地最北端、一個被稱為「靜海大地」的地區行商。羅倫斯自認對貨幣流通圈有一定程度的了解，而以他的常識來說，崔尼銀幣適用於這一帶，是令人意外的事實。

「你沒有去找有人排隊的兌換商換錢，也是為了要好好確認一下兌換來的貨幣純度對吧？」

兌換商毫不客氣地說道。

的確，這也是羅倫斯的目的之一。找一家有人排隊的地方，或許能夠以比較有利的兌換行情換錢，但因為後面還有人等著換錢，所以根本無法好好確認貨幣的狀況，這也是兌換商不讓人有機會確認而刻意催促的手段。

因此，實際兌換來的貨幣，通常淨是一些邊緣明顯被切削過的劣質貨幣。

如果覺得對方是個不熟悉貨幣或膽子較小的人，兌換商還會把圖樣相似但毫無價值的貨幣兌換給客人。

不過，羅倫斯會挑選這家兌換商，還有另一個理由。

「這也是原因之一。不過，您這裡的主要顧客應該都是鎮上的人吧？」

聽到羅倫斯的詢問後，兌換商投來神氣的笑容。貨幣的真實價值模糊，而兌換商利用名為天平的工具，只靠著測量兩種貨幣重量的動作賺取利益。他們應該有不少人抱著近似賭博的心態。

「請問這裡的商人最信任什麼貨幣呢？」

貨幣就像血液一樣，必須不停循環才能夠擁有價值。

假設旅人使用了某種貨幣買東西，商人就必須拿著這種貨幣去採買。萬一客人拿了敵國的貨幣來，商人就算很想收下貨幣，其採買對象的肉店也可能會不願意接受該貨幣。這麼一來，商人就必須拒絕接受貨幣。

所以，只要掌握到城裡的商人們最信任哪一種貨幣，就能夠大致掌握到該城鎮與哪些地方交易。如果該城鎮有意打仗，也掌握得到他們會攻打什麼地方。

既然德堡商行把雷斯可當成庭園模型般在布置，透過兌換行情應該能夠窺見其不尋常之處才對。而且，如果打算開店，了解雷斯可在這世上扮演的角色，也是非常重要的事情。在這層涵義上，羅倫斯也想好好做個確認。

在原本就很複雜的貨幣世界裡，如果又處於邊緣的位置，就等於是使用沒有人願意接收的貨幣，在狹小世界裡扮家家酒一樣。

「崔尼銀幣。」

然後，兌換商一副若無其事的模樣說道。

崔尼銀幣是南方地區的貨幣。這麼一來，會不會就表示德堡商行果然打算攻打北方地區呢？

「哈哈！看你這麼訝異，是不是也不知道盧米歐尼金幣的行情？」

「……咦？盧米歐尼金幣的行情？」

盧米歐尼金幣——無論何時何地，都能夠兌換成任何貨幣的最強勢金幣。使用盧米歐尼金幣絕對不可能遭到拒收。原因是，就算不知道盧米歐尼金幣命名由來的國家名稱與榮耀，只要看見其光澤度以及天平傾斜的程度，就是三歲小孩也知道是純度非常高的金幣。

貨幣行情代表著貨幣強度。

如果是有各種用途的貨幣，人人都會想要得到它；而人人想要得到的貨幣，價格就會上漲。雷斯可混合使用十多種貨幣，而且權力機構細分化，盧米歐尼金幣在這樣的地方絕對不會失去價值，想必也會散發出如神明般的神聖光芒。

而且，假設德堡商行當真在策畫戰爭，物價就會因為糧食全被買走而上揚。物價一上揚，貨幣價格就會下跌。

但是，如盧米歐尼金幣般黃金含有量這麼高的貨幣，如果拿去熔燬也能夠直接變成黃金，所以很少會有價格下跌的現象。

羅倫斯試著說出有些極端的答案：

「相當於四十枚崔尼銀幣。」

「二十七枚。」

「哈哈……」

羅倫斯笑了出來，不久之後才反問一聲：「怎麼可能？」

「我說二十七枚啊。要在這裡兌換當然不太可能，但你可以去德堡商行管理下的兌換所看看就知道，只要把二十七枚崔尼銀幣擺出來，對方就會拿出一枚盧米歐尼金幣。」

看見羅倫斯啞口無言的反應，兌換商露出壞心眼的笑容。

「你以為這裡是什麼地方啊？這裡可是直接掌管世上最大礦山地帶的德堡商行所保護的城鎮啊。雖然很遺憾地，沒辦法直接從這裡的礦山挖出黃金，但像是銀、銅或錫之類的金屬，想挖多少就有多少。南方那些傢伙付款時，都是拿金光閃閃的盧米歐尼金幣來付錢。所以，金幣在這裡很便宜。」

金幣很便宜。

羅倫斯有生以來第一次聽到這種話。

這時，羅倫斯總算察覺到有可能是兌換商在說謊。

羅倫斯看向身旁的赫蘿。赫蘿一臉愕然，不解地傾著頭。

「沒事。可是，二十七枚會不會太誇張了……」

「你沒有去市場或其他地方看過嗎？如果有在這裡買過東西，應該會發覺這裡和其他城鎮的差別才對啊。」

雖然兌換商這麼說，但羅倫斯目前只在廣場的攤販上買過東西，還買了油炸麵包而已。買油炸麵包的時候，羅倫斯幾乎一直在恍神，所以照著平常的習慣給了平常使用的貨幣。沒錯！羅倫斯在那當下就應該要察覺到才對。在雷斯可，居然可以使用羅倫斯所熟悉的貨幣！

「來到雷斯可的外地商人都會露出跟你一樣的表情。你如果覺得難以相信，可以去市場買東西看看。你應該是聽到普拉茲銅幣最好用吧？不過，誰也不想收下那種劣質又沒用途的銅幣。店家會算得比較貴喔。」

羅倫斯在廣場的攤販前拿出銅幣時，店老闆的確擺出了一張臭臉。羅倫斯心算後，也覺得與行情比起來，價格似乎貴了一些。

「任誰都會想要盡可能地收到優質一點的貨幣。哪怕是南方的貨幣也願意收。不過，也因為這樣，有人會說雷斯可是南方的行政區。不過，沒什麼人知道這件事就是了。」

羅倫斯感覺到一陣暈眩。

這種暈眩感不像走進草叢裡看見了蛇，而像是看見了金塊。

「姑娘，如果想要人家買金飾送妳，我建議妳可以在這裡撒嬌。」

看見一臉愕然的羅倫斯，兌換商沒有理會地說出這般話語，赫蘿發出「喔～」的一聲，並抱住羅倫斯的手臂。

「看來我應該已經提供了五路德的情報。感謝惠顧。」

兌換商露出燦爛笑臉說道，然後把零錢收進懷裡。

羅倫斯隨便附和赫蘿幾聲後，搖搖晃晃地走了出去。

一枚盧米歐尼金幣相當於二十七枚崔尼銀幣。

羅倫斯深思到連路都走不穩。這時——

「汝啊。」

赫蘿搭腔說道。

羅倫斯瞥了赫蘿一眼後，發現赫蘿難得露出了溫柔笑臉。

「汝應該不想再跟咱吵架唄？」

赫蘿是想挖苦他？還是打算惡作劇？還是在開玩笑？或者是認真的呢？

應該都有吧。

與赫蘿旅行後，羅倫斯明白了「生意非常單純，但人心非常複雜」的事實。

羅倫斯就是一直認為人心很單純，才會被赫蘿抓住這點攻擊。

「……不想。」

「那這樣，一個人鑽牛角尖想來想去之前，應該先做些什麼唄？」

赫蘿一副笑嘻嘻的模樣。

羅倫斯點了點頭，但立刻發出「啊」的一聲，然後刻意地補上一句：

「不過，我最近開始覺得吵吵架也不差。」

兜帽底下的耳朵發出啪唰啪唰的聲響。

「汝也愈來愈懂人心了吶。」

這時如果抱緊赫蘿，赫蘿肯定會不小心發出「嗚～」的可愛聲音。

就算有辦法藏起戰爭企圖，也不可能連為了準備戰爭而採買東西時的影響都藏起來。如果當時使用的貨幣在戰爭後會變得無法使用，整座城鎮更是會陷入一片混亂。

因此，從崔尼銀幣或盧米歐尼金幣流通於雷斯可的事實，也可推測出對於北方地區的敵對心甚強。貨幣代表著權力者的基礎，貨幣表面之所以會刻上國王或權力者的肖像，是因為該貨幣流通的地區，基本上多少都會受到該國王的支配。也就是說，與北方地區起爭執時，理論上就不會再使用北方地區的貨幣。話雖如此，從貨幣行情上，卻看不出德堡商行為了打仗而到處搜購物資的跡象。

「嗯。照汝這樣的說明聽來，確實是很奇怪的狀況。不過，汝為何會這麼亢奮呢？汝察覺到那家商行的打算了嗎？」

「沒有，不是這樣的。」

赫蘿一臉愕然。

在現在這個狀況下，赫蘿想不出還有其他什麼原因會讓羅倫斯如此慌張。

「聽好喔。」

羅倫斯開口說道：

「貨幣並非在任何地方都具有相同價值，也不是任何人都願意收下某種貨幣。不容易被拿來熔燬且價值安定的貨幣少之又少，而可說是最強貨幣的盧米歐尼金幣，以前所未見的低價流通於市，這事實要是在世上傳開來，將會引起大騷動。」

「可是，根本沒有人很慌張的樣子，不是嗎？」

赫蘿露出無辜少女般的表情說道。

一方面因為情緒激動地做了說明，所以赫蘿的這般冷靜反應讓羅倫斯覺得有些受傷。

「又、又不是全世界的人都是商人。」

羅倫斯語調冷淡地說道。這時，赫蘿像在安撫小孩子一樣地笑著說：

「汝啊，別生氣好嗎？然後呢？咱想要知道更多事情。」

明明知道赫蘿是在騙人，但羅倫斯聽到赫蘿想要知道關於他職業的事情，還是覺得開心。這讓羅倫斯不得不承認自己在赫蘿面前真的很單純。

「……嗯，畢竟察覺到雷斯可行情的商人如果吵得鬧哄哄的，也不會有好處。不如不要告訴其他人，然後自己悄悄地把利益收進口袋裡比較好。」
貨幣行情不是什麼祕密，是全天下人都知道的事實。
只有擁有敏銳觀察力以及運氣好的人，才能夠在這當中獲取利益。
「然後呢？要怎麼得到利益？」
赫蘿一邊不時看向路上的攤販，一邊向羅倫斯搭腔。看赫蘿這般表現，羅倫斯心想赫蘿或許是為了討他歡心才會搭腔，但羅倫斯告訴自己，往好一點的方向去想也不會吃虧。
「有兩種賺錢方法。」
「喔？」
「一種是在雷斯可買東西。」
「……買東西？」
赫蘿反問時，羅倫斯兩人正好抵達了市場。
市場的店家架構簡單，只是在地面打入木樁，然後撐起厚麻布當帳篷而已。雷斯可本身呈現出還在建設中的感覺，所以或許純粹是來不及建造店面也說不定。也可能是因為受到地區氣候影響，所以採用下雪時能夠輕易收拾店面的架構。如果只是搭上帳篷的店面，能夠隨時開店也能夠隨時收拾起來，而且不怕火災。
「果然沒錯……妳看！價格便宜得令人難以置信。」

盜賊發現藏在洞窟深處的寶物時，肯定也會與羅倫斯此刻的感受一樣。

在羅倫斯眼裡，排列在架上的每一樣商品看起來都變成了金塊。

「這一區的商品好像是從工匠的工作坊送來的。妳看，這刀子品質這麼好，只要一枚半崔尼銀幣。刀柄上的裝飾也做得很精細。這裡就在礦山附近，想必鐵的價格會很便宜，而且照那行情看來，燃料應該也會很便宜吧……妳看那邊！那桶子那麼大，而且幾乎看不到縫隙。我想就是用力踹那桶子，也不會有所損傷吧。這麼堅固的桶子，三個只要三分之一枚崔尼銀幣，如果是在其他城鎮，公會早就臉色發青了。喂！妳快來這邊看！這麼大量的豬皮墊……太誇張了……我想一下喔，光是把這個運到雷諾斯……」

羅倫斯摸著下巴動腦思考起來時，赫蘿露出一副受不了的表情，頂了一下羅倫斯的手臂。

羅倫斯回過神來，並咳了一聲，然後硬是裝作沒事地說了句：「我的意思是，這裡的東西真的有這麼便宜。」

「在這裡便宜採買商品，然後在其他城鎮高價賣出。很單純吧？」

「嗯。單純到會讓汝渾然忘我。」

「……不、不過，還有更單純的方法。我覺得這個方法會賺到更驚人的利益。」

赫蘿投來感到懷疑的眼神。

羅倫斯興奮地說著有賺錢生意，然後一腳跳進去卻遭遇慘痛經驗已不是一、兩次的事情。

羅倫斯明白赫蘿會疑神疑鬼，但這次真的是能夠不勞而獲的機會。

「就是不買東西，而是直接買貨幣。」

赫蘿投來更加懷疑的眼神。

對於買貨幣的概念，或許赫蘿不管聽了多少遍，還是會覺得很不習慣。

「在這塊土地上，二十七枚銀幣能夠換成一枚金幣，對吧？那這樣，就在這裡把銀幣換成金幣，再順著河川南下到雷諾斯或凱爾貝去。在雷諾斯或凱爾貝，一枚金幣差不多價值三十五枚銀幣吧。就在雷諾斯或凱爾貝換成銀幣，然後再回到這裡換成金幣。這麼一來，最初明明只有二十七枚銀幣，光是來回一趟就會變成一枚金幣加上八枚銀幣。只要一直反覆這樣的動作就好了。」

赫蘿的聰穎琥珀色眼睛直直注視著羅倫斯。

羅倫斯才覺得赫蘿閉上眼睛的時間有一點久，就看見赫蘿別開臉，然後只轉動視線投來感到懷疑的目光說：

「如果汝說的是真的，那大家應該都在做唄？」

羅倫斯點了點頭。

然後，立刻這麼回答：

「大家應該都在做才對。」

赫蘿揚起一邊的眉毛，又轉動視線一圈後，以「如果咱的想法沒錯的話……」為開場白，切入話題說：

「假設大家都做著這種事情，這個城鎮的金幣就會愈來愈少，銀幣也會增加唄？這代表著愈來愈少的金幣價格會上揚，愈來愈多的銀幣價格會下跌，是唄？總有一天這裡與其他城鎮的價差應該就會消失，不是嗎？」

只要提供一個前提，賢狼赫蘿就能夠憑自己的力量思考下去。

羅倫斯點了點頭後，赫蘿得意地用鼻子哼了一聲。

「沒錯。所以我才會這麼慌張。」

「汝想在這價差被修正前，趕緊撈些油水？」

羅倫斯猶豫著該不該點頭，但最後還是點了點頭。

赫蘿露出感到難以置信的表情。看見羅倫斯臨到此時發現有賺錢機會，還如此熱衷的表現，赫蘿當然會有這般反應。

可是，在凱爾貝與雷斯可之間，崔尼銀幣的價值恐怕有著接近三成的差異。若光是搬運貨幣就能夠得到三成的利潤，恐怕轉眼間就可以成為大富翁了。

而且，這是一件會大大影響能否開得了店的事情。萬一貨幣行情不再有差異，那家原本只要一千兩百枚崔尼銀幣就買得到的店面，就有可能變成一千五百枚以上的價格。在這世上，規模愈大的東西，就愈傾向依照金幣行情來設定價格基準。

以羅倫斯的生意規模來說，想要多存上三百枚銀幣會很吃力。

「不過，咱並不討厭汝這種勇往直前的態度。」

「可以的話，我甚至想要立刻抱著貨幣南下。」

聽到羅倫斯的話語後，赫蘿一副感到疲憊的模樣笑笑。

不過，赫蘿在那之後發出的嘆息聲，讓羅倫斯察覺到自己太過得寸進尺而回過神來。

此刻必須優先處理的事情是調查德堡商行的企圖，而非羅倫斯個人的賺錢機會。

羅倫斯咳了一聲，並打算把話題拉回德堡商行時，赫蘿佯裝沒發現羅倫斯這般舉動的態度，而一邊望著遠方，一邊喃喃說：

「不過，汝不覺得有哪裡不大對勁嗎？」

對於做生意，赫蘿完全是一個門外漢。話雖這麼說，赫蘿動腦筋的速度比羅倫斯還要快，而且有時候置身局外會看得比較清楚。

羅倫斯詢問赫蘿是不是發現了什麼異狀，但赫蘿還是回答得有些含糊：

「嗯……咱覺得有什麼地方不大對勁。」

「不大對勁？什麼地方？」

「嗯……姆……咱就是覺得不大對勁……但哪裡不對勁呢……」

赫蘿咬起下唇低聲呻吟著。

或許是從旁看來，赫蘿的表現很像是身體不舒服的樣子，四周的人們紛紛投來好奇的目光。

雖然羅倫斯在這一帶並不是熟面孔，但帶著赫蘿如此醒目的女孩一起走動，很快就會被人記住長相。

羅倫斯在赫蘿耳邊低聲說了幾句，並準備離開市場的那一刻——

「咱知道了！」

就像母雞下蛋一樣，赫蘿忽然丟出一句。

羅倫斯慌張地遮住赫蘿的嘴巴，然後離開現場。

「妳別害我好不好？」

市場中央的通道不像道路，而更像一座廣場。

廣場上擺著截斷的圓木頭，但不是攤販所設置，而像是供人休息的椅子，並且可看見很多人坐在椅子上開心地聊天。

羅倫斯牽著赫蘿的手，在正好空出來的兩張圓木凳上坐下來。

羅倫斯詢問了句：「然後呢？」赫蘿得意地用鼻子發出「哼哼」兩聲說：

「真沒想到汝是個商人卻沒有察覺到。」

「……真抱歉喔。」

「不過，咱畢竟是賢狼啊。當然知道這只是一層假象。」

赫蘿顯得相當有自信，而羅倫斯聽到「一層假象」後，也不禁感到好奇。

會不會是有什麼伎倆呢？

羅倫斯把臉貼近後，赫蘿露出滿面笑容這麼說：

「如果汝說的是真的，為何那家什麼商行不去做呢？」

「……咦？」

「照那個頗具氣概的老兌換商所說，正因為那家商行賣了很多從山裡挖出來的東西，然後以金幣收款，金幣才很便宜，是唄？」

「是啊。」

「如果是這樣，問題不是很簡單嗎？為什麼商行不自己做呢？這樣很奇怪唄？」

被赫蘿這麼詢問後，羅倫斯開口說了句「那是因為……」然後就說不出話來了。

「那家商行會收下金幣。這麼一來，他們只要把收到的金幣全部拿去其他城鎮就行了唄？只要這麼做，就能夠把這個城鎮的金幣全部換成銀幣，不是嗎？為什麼他們不這麼做呢？這明明是最賺錢的手段哪。」

被赫蘿這麼一說，羅倫斯也覺得有道理。

可是，這樣的觀點好像也有不對勁的地方。

什麼地方不對勁呢?的確，崔尼銀幣的行情有異常，但行情這東西出現異常也不是什麼奇怪的事。

不過，這次的奇怪現象不屬於這類的異常。

而是屬於讓人無法接受的異常。

「不對，這樣還是很不對勁。」

「哪裡奇怪?」

「不是啊，真的很不對勁。這到底是怎麼回事啊?」

羅倫斯抱著頭再次檢視起狀況。

雷斯可有盧米歐尼金幣。那是德堡商行賺來的錢。

然後，光拿著收來的金幣要採買小金額物品會有困難，所以當然會想兌換成其他貨幣。好比說兌換成銀幣或銅幣之類的零錢。然而，東西短缺就會漲價。這是一定的道理。所以，一枚金幣相當於二十七枚銀幣是令人難以置信的行情。

檢視到這裡沒什麼奇怪的地方。

接下來，針對利用貨幣行情來賺錢這件事情思考。在雷斯可取得金幣，然後到其他城鎮換成銀幣，再帶來雷斯可換成金幣後，就會產生利潤。

這點也沒什麼好奇怪。只要是過著旅行生活的商人，一旦發現有這種機會，理所當然都會這麼做。

接下來就是問題點了。

如果是這樣，為什麼德堡商行不親自去做呢？德堡商行只要自己拿著所有金幣去換成銀幣回來，就能夠壟斷利潤。

沒錯。流通於雷斯可的金幣可說都是德堡商行賺來的錢，所以利用雷斯可的貨幣行情來賺錢的行為，就跟羅倫斯這些市井小民幫忙把銀幣帶來雷斯可，然後收取手續費的意思一樣。

為什麼德堡商行不自己去做呢？

赫蘿指出了問題的核心。

與其他城鎮的行情比起來，一枚金幣相當於二十七枚銀幣的行情將近差了八枚銀幣。

換句話說，德堡商行等於是在告訴大家「我們懶得拿去其他城鎮換銀幣，所以只要你們願意幫忙拿去其他城鎮換錢回來，每一枚金幣就給八枚銀幣的運費」。

只是要運送一枚金幣，不可能需要花費高達八枚銀幣的費用。

這太奇怪了。

絕對有問題。

「一定有什麼目的才對。」

可是，究竟有什麼目的呢？就算要打仗，也根本沒理由這麼做。還是說，又是像與赫蘿初相遇時的事件一樣，因為有重鑄或是其他什麼情報，所以背後藏著為了達到該目的的伎倆嗎？

可是，如果是這樣，地點選在雷斯可也未免太不自然了。如果目標是崔尼銀幣，南方地區應該早就引起騷動了。

雷斯可十分和平，且充滿活力。

而且，儘管行情出現異常，大家還是很冷靜地做著生意。

如果德堡商行直接管理的兌換所，願意以一枚金幣對二十七枚銀幣的匯率提供兌換服務的話，確實沒必要急著去兌換。在日常生活或平時的交易上，使用金幣太不方便了。既然這樣，應該多做一些生意讓貨幣集中後，再拿去兌換比較好。

而且，就算理論上只要往返城鎮即可靠著貨幣行情賺錢，實際上也只有無家當一身輕的旅行商人，或者在多數城鎮做生意的大型商行才有辦法動作。城鎮商人不能丟下商店不管，而工匠想必根本沒發現這件事。至於原本就不可能知道多數城鎮行情的農民，頂多只會覺得商品銷路很好而已。

而且令羅倫斯無法理解的一點是，他怎麼看都覺得，德堡商行是刻意維持這般行情好讓自己虧大錢。

羅倫斯不明白這麼做能夠得到什麼好處。

對了，繆里也說過包括繆里傭兵團等傭兵們的滯留費，也是德堡商行在負擔。聽說一天要花費二十枚盧米歐尼金幣，金額相當地高。

這般盛情款待有什麼內幕嗎？有什麼目的嗎？還是純粹因為賺太多錢了呢？

雖然終於找到了與德堡商行有關的異狀，但這個異狀真的很不正常。

德堡商行寧願捨棄自己的利益也要維持行情，這麼做有什麼意義嗎？

羅倫斯詢問赫蘿：「妳覺得呢？」

一說出口，羅倫斯隨即有所察覺地發出「啊」的一聲。

「汝這要咱怎麼回答？」

羅倫斯自己一人忘我地陷入思考後，突然詢問赫蘿的意見，赫蘿怎麼可能有辦法回答。

羅倫斯這麼想著，但抬起頭一看，發現赫蘿露出看似愉快的笑容，而且一副真的很開心的模樣縮起脖子。

「咱在汝心中似乎慢慢占據了一些位置。」

羅倫斯一時之間沒能夠理解赫蘿的意思，但幾秒鐘後，便察覺到了赫蘿的意思。

妳覺得呢？

如果是在過去，羅倫斯只會在獨處的時候陷入思考，而且會認真到看不見周遭的一切。

「嗯。還有，汝啊，汝最好要多意識一下自己經常會自言自語。」

「咦？」

羅倫斯慌張地閉上嘴巴並環視四周一遍，但說出口的話當然不可能收得回來。

看見羅倫斯的蠢樣子，赫蘿哈哈大笑一陣後，說了句：「咱開玩笑的。」

「嗯。雖然咱不大清楚細節如何，但至少知道如果依照咱聽到的內容去組合，組合出來的形狀會很扭曲。世上有著所謂的道理，一些咱活了好幾百年也不曾改變過的道理。」

赫蘿露出無敵笑容時的模樣真的很美。或許也可以用豔麗來形容。

微笑的唇形底下露出牙齒，瞇起的眼睛細得像用一把利刃劃出來的刀痕。

與其說雷斯可，不如說德堡商行的舉動有太多令人訝異之處。

然後，其中至少有一個地方顯得太過扭曲。

「那家商行果然都是一些怪胎唄？」

羅倫斯坐在圓木頭上，環視一遍城鎮。

這裡是一座充滿活力的鄉下城鎮。

無論對於商人或工匠，都是一個宛如天堂般的城鎮。

然而，就連在聖經上，羅倫斯這些人要上天堂也都比要駱駝穿針更加難。

「魔術師讓母雞生下藍色雞蛋時，那並不是因為母雞是會生藍色雞蛋的雞，而是一定有什麼機關。」

「如果是金色雞蛋，更是如此，是唄？」

雖然關於戰爭的事情，不是羅倫斯這些旅行商人能夠插手管的，但如果是與生意有關的事情，就另當別論了。更何況如果是呈現扭曲構造的機關，有時候光是一個蟻穴，就能夠讓整個結構崩解。

與赫蘿初相遇時的那場騷動，正是近似這樣的狀況。

不過，當時有些地方沒能夠順利動作，雙方也因此陷入危險狀況就是了。

「不過，這感覺……」

「嗯？」

羅倫斯思考著這些事情時，赫蘿用手倚著膝蓋站起身子說：

「沒有讓汝想起咱們初相遇時，好久不曾想起的事情嗎？」

羅倫斯看著露出愉快笑容的赫蘿，然後幾乎在無意識下伸出了手。

赫蘿微微傾著頭，握住了羅倫斯的手。

羅倫斯費了好大的工夫強忍下來，不讓自己就這麼把赫蘿擁進懷裡。

雖然發現了可能解開德堡商行企圖的異狀，但這個異狀也可能是從其他異狀所衍生出來的狀況。因此，兩人再次踏入市場。

距離遙遠的不同土地之間互相貿易時，會以盧米歐尼金幣為基準來計算支付金額。因為貨幣行情會依城鎮不同而異，所以這麼做是為了避免計算變得複雜。

因此，既然盧米歐尼金幣在雷斯可相當便宜，雷斯可採買商品的對象也應該是習慣以盧米歐尼金幣為基準來計算的凱爾貝，或是更南方的城鎮。因為這樣的話，採買金額相對地會很便宜。

然而，在市場試著打聽了各種事情後，發現這點的實際狀況也與猜測完全相反。

「你是說搬來這裡的人嗎？那當然是來自四面八方囉。當然了，這裡畢竟是服從於礦山店的城鎮，所以也有一些傢伙不願意來就是了。不過，這裡的人還有來自北邊的多蘭平原，跟東邊的威賽爾地區呢。他們就算在老家小規模地做著生意，也只會愈來愈窮吧。所以儘管要穿過險峻的山路，他們還是選擇來到這裡，因為只要來到這裡，所有商品肯定都賣得出去。」

一名雜貨商這麼說。在雷諾斯以南的地區，很少會看見雜貨店架子上排列著種類如此繁多的商品。

商品包括了樹果乾、醋醃野草苗、雞肉、兔肉、狐狸皮草以及狼皮草，就連鐵屑也有賣。

來到市場向店家推銷的人，以及自行在不受規定限制的市場裡擺出小規模店面的人，據說幾乎都是來自被統稱為「北方地區」的人們。這家雜貨商本身也是來自深山裡的貧窮荒村。

這些人不會因為流通於雷斯可的貨幣是南方地區的貨幣就持有偏見，而且比起關心貨幣是哪個國王所發行，他們似乎更重視貨幣使用上的便利性。

所以，流入雷斯可的多數商品，都是來自北方地區的商品。

「嗯……」

到處打聽完各種事情，天色也逐漸轉暗時，羅倫斯再次坐在圓木凳上，並發出低沉的呻吟。

在雷斯可，大概只有德堡商行與南方有所聯繫，其貿易主要是以北方地區為中心在進行。即使會從南方進口商品，也頂多只會進口麥子等穀物，其他商品幾乎都是靠著來自北方地區的物品在運作。在城裡使用的生活必需品到奢侈品，幾乎都是出自當地工匠之手。

而且，沒有人相信會發生戰爭。

城裡的商業構造大概是以下這樣的狀況：

因為貨幣行情有利於採買者，所以商品都賣得很好；貨幣行情有利於採買者，照理說應該就表示不利於販賣者，但原本就因為找不到銷售對象而苦惱的北方孤立地區，會運來各式各樣的物品。從南方搭船來到這塊陸地的手藝高超工匠，或是充滿幹勁的移民們來到這裡後製作出品質好的商品，所以大家會採買這些商品，工匠也因此會買更多的原料。一切運作得很順利。

如摩吉所說，雷斯可是以自由為動力，讓各種事情都能夠順利運作。

這順利到甚至令人覺得恐怖的地步。

雖然雷斯可的各種面向，都顯示不出德堡商行心懷鬼胎，但幾處異狀以及運作順利到令人覺得恐怖的地方，讓羅倫斯覺得事情並不單純。

畢竟在雷斯可明明大家都不覺得有可能發生戰爭，事實上傭兵們卻聚集在此。羅倫斯從未遇到過這般讓人搞不清楚怎麼回事的狀況。

「汝啊，要不要先回旅館一趟？」

羅倫斯聽到這般話語而抬起頭一看，發現赫蘿一邊坐在圓木凳上，一邊揉著小腿。

仔細一看，羅倫斯還發現赫蘿的長袍下襬不知何時已沾上一層塵埃，也察覺到自己拖著赫蘿到處走動太久。

「嗯，也對……如果因為很在意就不顧前後地魯莽直衝，那就跟狗沒什麼兩樣了。」

雖然羅倫斯被教導必須靠雙腳收集情報，再靠雙腳思考，但很遺憾地，羅倫斯現在不是獨自行動。

「嗯。畢竟咱是賢狼赫蘿，比起到處走動，花時間慢慢思考比較合乎咱的個性。」

「手邊還擺著酒，是嗎？」

赫蘿露出有些不高興的樣子，並在羅倫斯站起來的同時，也站起身子。

「雖然沒有汝這麼熱衷，但咱多少也對生意有了興趣。」

赫蘿是像方才一樣要繼續做出貼心表現嗎？羅倫斯原本這麼想著，但是看見赫蘿不在意地以「好比說」為開場白說道：

「咱不習慣像汝一樣一個接一個地收集大量情報，再綜合這些情報來思考事情。專注地思考一件事情比較符合咱的個性，咱也比較習慣這麼做。」
「的確，妳會為了同一件事情叨叨絮絮不停。」
赫蘿仰望著羅倫斯露出微笑，然後一腳踢向羅倫斯的腳踝。
「然後，有件事情讓咱想不透。」
「……想不透？」
羅倫斯一邊揉著腳踝，一邊詢問後，赫蘿露出不像在開玩笑的表情這麼說：
「聽了汝說的貨幣話題後，讓咱想起了那座島國的事情。」
「島國？喔，妳是說溫菲爾王國啊？」
溫菲爾王國是一個羊毛大產地，但因為國王的政策失敗，使得經濟瀕臨崩潰。
赫蘿點了點頭，然後接續說：
「為什麼這座城鎮不會變成像那座島國一樣？」
「像那座島國一樣？」
羅倫斯不明白赫蘿如此發言的意圖，而忍不住反問道。
不過，赫蘿發出「嗯」的一聲，沒有做出取笑羅倫斯的表現。
「跟汝一起在市場裡到處走動後，咱發現淨是一些身上帶著土壤氣味的傢伙。那些傢伙都是來自高山及森林的居民。這麼一來，就表示他們沒有頻繁地來到這座城鎮。如果是這樣，不可避免地一定會變成像那座島國一樣。」
頭腦愈好的人，愈不會在做完一長串說明後加上結論。
儘管有種受到考驗的感覺，羅倫斯還是勉強轉動腦筋追上赫蘿的思緒。
「也、也就是說……喔，大家賣完自己的東西後，就會帶著貨幣回去，是嗎？」
「嗯。帶回去的貨幣可能是金幣，也可能是銀幣。咱猜測應該不會是銀幣唄。」
如果帶盧米歐尼金幣回去，不僅不易減值，搬運也方便，在在都比崔尼銀幣好上許多。畢竟雖說是崔尼銀幣，也不能保證含銀量絕對不會減低，而這般事實在與赫蘿初相遇時的那場騷動之中，羅倫斯早已體驗過。
但是，如果使用金幣，在採買瑣碎商品時也未免太過不方便了。如果每次都要兌換，不如一開始就帶著銀幣比較好。
羅倫斯這麼想著時，發出「嗯～？」的一聲。
「這麼一來，雷斯可的銀幣永遠也不可能增加，一個不好的話，還可能像溫菲爾那樣陷入嚴重缺乏貨幣的狀況。」
「然後，在那座島國只要花一枚貨幣，就能夠吃到很多肥美的肉，是唄？」
可能是走太多路也肚子餓了，赫蘿稍微露出尖牙這麼說。
「但雷斯可卻沒有變成那樣……嗯，對啊。姑且不論行情怎樣，在我們觀察到的範圍內，這裡並沒有極度缺乏貨幣。也就是說……」

「有人帶入大量貨幣。」

「嗯。也有這種可能。而且說不定雷諾斯的銀幣價格會高漲，就是因為銀幣大量地流入了這裡。」

雷諾斯與雷斯可之間有樂耶夫河聯繫著。

有可能是某個觀察力敏銳的人大量搜購了銀幣，也可能是與在皮草騷動中得到大量銀幣的人做了交易。不管真相如何，就是因為整個城鎮的銀幣都消失了，行情才會變動得如此厲害，而這般推測也十分合理。

不管是雷諾斯或溫菲爾，都純粹是因為缺乏貨幣而苦惱。

「啊，還是說，汝啊。」

「嗯？」

「這裡不是有多到滿出來的銀或其他什麼金屬嗎？他們不會自己生產嗎？」

羅倫斯瞬間思考了這個可能性，但立刻做出不可能這麼做的判斷。

「必須有工匠才能夠鑄造出貨幣，也需要有刻字專用的榔頭。這種榔頭是金屬做成的榔頭，上面刻有貨幣圖樣。然後把貨幣雛型放在底下，從上面往下敲。能夠製作出這種榔頭的工匠應該都被國王抓住不放，而且如果打造偽幣，就跟在向崔尼國挑起戰爭沒什麼兩樣。不過，還有更重要的一點。」

羅倫斯從荷包裡隨便拿出一枚貨幣。

「貨幣表面一定會留下鑄幣的時間和記錄——像是被切削或生鏽等痕跡都是。如果有新的貨幣出現，一定會立刻知道那是新鑄造的貨幣。碰上這種狀況，就是想脫罪都難。」

赫蘿左一次右一次地看著貨幣，然後看向羅倫斯說：

「的確，汝就是裝得再熟練的樣子，也難以消去青澀感。」

雖然臉頰瞬間抽動了一下，但羅倫斯鎮靜地回答：

「所以，或許我們很相像，都喜歡天真無邪的少女。」

雖然羅倫斯刻意話中帶刺，赫蘿卻厚臉皮地表現出很開心的樣子。

不過，儘管是會錯意，但既然能夠讓赫蘿心情變好，羅倫斯也覺得無所謂了。

「不管怎樣，想必都是有人持續帶貨幣進來吧。」

讓人在意的地方是，銀幣如此大量地流出，真的補得回來嗎？如果是整體城鎮的規模，根本想像不出會有多少貨幣在流動，又有多少貨幣被帶出城鎮。

不過，既然雷斯可的金幣與銀幣價值有所差距，想必會有很多人把銀幣藏在懷裡往返城鎮。

如果要一次大量搬運銀幣，就必須請來護衛或多方設法，最後一定會弄得浩浩蕩蕩，但如果由多數旅人一點一點地搬運銀幣，或許就能夠達到相同的效果。

羅倫斯腦中有了這樣的想法，但就是覺得沒辦法接受這般推測。

這是怎麼回事呢？

每次有這般感受時，答案通常已經近在眼前。

羅倫斯轉頭環視一圈後，找出了極其單純的事實。

「喂。」

「唔？」

或許是時刻已晚，原本淨是販賣一些零食點心的攤販，全都換上了可作為晚餐的菜色。原本看向路邊攤販的赫蘿，一副依依不捨的模樣看向羅倫斯。

「妳一開始對德堡商行是抱持怎樣的印象？」

「那家商行？那當然是……」

「啊！不對。可是，要怎麼問比較好呢？呃……對了，我應該這麼問，從妳當時對德堡商行的印象，會覺得雷斯可大概是怎樣的城鎮？」

對於羅倫斯模糊的說法，赫蘿露出彷彿被煙燻得睜不開眼睛似的表情，但思考了一下後，赫蘿回答：

「應該跟汝一樣唄？而且，咱們搭船南下時，舞者不是說過嗎？舞者說，那裡雖然有挖都挖不完的錢，但不是給人住的地方。」

「嗯，確實聽過這樣的話。可是，那應該是指真正位於礦山入口處的城鎮吧。」

「嗯。不過，咱們連這種事情也不知道。也就是說，咱們甚至沒能夠想像出這座城鎮會是什麼樣的氣氛。就是在上次那座城鎮，不也完全收集不到情報嗎？」

羅倫斯點了點頭。

點了點頭後，說了句：「果然是這樣沒錯。」

「這樣怎麼了嗎？」

「嗯。沒有，我原本以為是自己在發呆，所以漏聽了什麼，不然就是想像力不夠，才會對雷斯可產生誤解。」

「嗯。」

「可是，好像不是這樣子。如果連妳也沒聽過，就表示是真的沒聽過，而不是漏聽。這麼一來，果然還是很奇怪。我覺得關於銀幣流入的地方有點矛盾……我不是指貨幣數量多寡的問題，而是更基本的問題……等一下喔。銀幣的搬運作業？」

羅倫斯說完話的同時，兩人抵達了旅館。

旅館屋簷下的石柱被鑿穿了一部分，裡面發出閃爍不定的燭光。

動作俐落的小伙子已經打掃好馬廄入口處，並且一副感到疲憊的模樣等著迎接一天的結束。

赫蘿終於盼到的繆里留言，想必與繆里傭兵團一同經歷過漫長波折的歷史。同樣地，發出疲傯嘆息聲的小伙子，今天應該也經歷了各種大小事。
這世界就像一只大缸子，缸子裡有無數人們各自編織著屬於自己的織物。
織物的縱線與橫線有時候會交叉在一起，也可能一輩子永不相交。
羅倫斯覺得這是一件很不可思議的事情。
然而，正因為如此，有時候這條不可思議的線才能夠編織出不可思議的布料。
「嘿。」
「唔？」
羅倫斯搭腔後，赫蘿仰望著羅倫斯。
接下來的互動兩人不知道已經反覆過多少次，而羅倫斯希望未來也能夠一直持續下去。
當然了，兩人又不是笨蛋，一直反覆同樣的事情也不是辦法。
儘管如此，羅倫斯猶豫了一會兒後，最後還是這麼說：
「我只要一發現有明顯不對勁的地方，就會鑽牛角尖而忽略了其他事情。」
赫蘿輕輕揚起一邊眉毛。
最後，也揚起了嘴角。
「咱不需要聽到這些開場白。汝想說什麼？」
如果不去調查，羅倫斯就會覺得受不了，而赫蘿早就知道羅倫斯這樣的個性。

為了掩飾尷尬，羅倫斯環視著四周好一陣子後，俯視赫蘿說：

「我有可能會惹得妳不高興。」

赫蘿直直注視著羅倫斯說：

「然後呢？」

「不過……不過，先假設透過這件事情能夠找出德堡商行的企圖吧。而且，這個企圖對於約伊茲或北方地區來說，都不是壞事。這麼一來，說不定我就可以在雷斯可開店，然後實現長年來的夢想。」

雖然羅倫斯只說出對自己有利的可能性，但或許是板起臉孔說話的關係——

赫蘿保持揚起一邊眉毛的表情，露出苦笑說：

「嗯。然後呢？」

帶有紅色的琥珀色眼睛直直注視著羅倫斯。從日光逐漸轉為燭光的雷斯可黃昏之中，她琥珀色的眼睛發出了無比內斂的光芒。

羅倫斯依舊需要先做一下深呼吸，才有勇氣這麼回答：

「我不願意被妳討厭，但也扼殺不了自己的好奇心。」

赫蘿吸了口氣讓身體膨脹起來，然後像隻狼般咧嘴笑著說：

「嗯。既然這樣，就沒問題了唄。雖然咱不知道汝想到了什麼。」

赫蘿牽起羅倫斯的手，然後兩人一起踏出步伐。走進酒吧後，發現傭兵們已經喝得醉醺醺，還可看見一群女孩子忙得不可開交地為傭兵們服務，她們八成來自其他店家，是被旅館拉來幫忙的吧。

酒吧角落除了魯華與摩吉的身影之外，還有另外兩人同桌。不同於其他傭兵，他們安安靜靜地享用餐點。或許是察覺到了羅倫斯的視線，魯華在發現羅倫斯兩人出現後，立刻舉高啤酒杯打招呼。

因為不好意思出聲回應，所以羅倫斯學城鎮居民經常會做的動作那樣，輕輕拉高帽子向對方回禮致意。

看見魯華指了指桌子，羅倫斯先看向赫蘿，然後點了點頭。

羅倫斯扶著赫蘿的背，以符合紳士的表現慢慢走進一片混雜的酒吧。

然後，羅倫斯沒有叮嚀赫蘿不要喝太多的酒，而是貼近赫蘿耳邊這麼說：

「銀幣絕對不可能像泉水一樣不斷湧出。這麼一來，就表示德堡商行可能隱瞞著什麼，或者是有人在背後偷偷做著什麼。再不然就是，兩者皆有。」

羅倫斯輕輕拍了一下赫蘿的背部。在魯華等人的眼裡，這般舉動或許像是在為赫蘿打氣，要赫蘿不要太緊張。

然而，羅倫斯當然不可能是這樣的意思。在德堡商行指導下演戲的演員人數有限。如果當中有某人隱瞞著什麼，就表示這個某人極可能是身邊的人。

赫蘿一邊說：「原來如此。」一邊高傲地點了點頭。

羅倫斯兩人就這麼坐上了傭兵們的餐桌。

第四幕

「喔？兩位到街上觀察過？發現什麼有趣的事情了嗎？」

或許是因為在赫蘿面前，魯華的用字遣詞顯得拘謹許多。

「是的，有幾個好玩的地方。」

羅倫斯發現餐桌上的餐具竟是銀製餐具。

而且，還看見了只聽過傳言，未曾實際見識過、形狀宛如三叉槍般的小餐具。

據說南方的貴族都是用這種餐具刺起肉塊或蔬菜來吃。

「雖然我們團也有運輸服務隊的商人，但我也不確定他那樣算不算是商人。姑且不論作戰技巧如何，旁邊這個摩吉也不懂得怎麼做生意。」

「對我這雙大手來說，貨幣太小了。」

摩吉接下魯華的話題說道，並攤開因為拿劍和拿筆長滿繭、如岩石般堅硬的手。

「所以，我們很想聽聽羅倫斯先生的見解。也不知道怎麼搞的，我們很少有機會與商人好好相處。」

魯華等人是傭兵團的成員，而據說只要是傭兵掃過的飯桌，就連一片菜葉也不會留下。

羅倫斯能夠與他們共進午餐，並氣氛和諧地談天說笑，是非常稀有的事情。事實上，甚至看得出魯華他們也顯得有些困惑的樣子。他們只有在恐嚇商人交出金錢或商品，或是詢問商人希望被扭斷脖子還是切開肚子的時候，才會與商人交談。

或許這麼形容傭兵有些誇張，但羅倫斯不認為傭兵們會經常有機會與商人好好交談。他們頂多只可能與像德林商行或費隆商行那樣特立獨行的商人交談罷了。

不過，如果傭兵不能讓商人畏懼，也不可能有辦法讓敵人畏懼。

傭兵想要與商人保持良好關係，恐怕很難吧。

「但我不確定有沒有辦法回應您的期待。」

羅倫斯露出笑臉先這麼告知後，放下手中的麵包。

「我最驚訝的地方是，這裡的建築物賣得很便宜。」

「喔，這倒是真的……我聽部下說過了。他們說羅倫斯先生與赫蘿……小姐站在出售中的店面前面。」

看得出來魯華為了應該如何尊稱赫蘿而遲疑了一下，但赫蘿對魯華微微笑了。

「是啊，真是很丟臉，好像被您的部下撞見了。」

「哪兒的話。我們當中也有人當了幾年傭兵並存到一筆資金後，選擇住在城鎮。所以我們也能夠理解這個夢想。」

也許魯華沒有要求部下獻殷勤的意思吧。

不過，魯華使了一下眼色後，摩吉立刻將肉切片，並在轉眼間盤子就見底的赫蘿盤子裡盛上肉片。

「不過，那果然是會讓人很驚訝的低價嗎？」

魯華並非只擅於揮劍。

「是的。而且，這裡好像也沒有囉嗦的公會。」

「沒錯。我有幾個部下似乎也在考慮要不要留在雷斯可。部下當中有的人年紀已大，也有傷勢比較嚴重的人。」

魯華就像個從城堡上睥睨城鎮的國王一樣環視店內一圈後，這麼說。

的確，繆里傭兵團擁有許多身經百戰的勇士，非常符合其悠久歷史。

繆里傭兵團並非一頭熱地尋找戰場、目光短淺的臨時集團，所以應該經常會有團員在中途脫隊，並且在城鎮長住下來。然後，這些人或許都在各自的城鎮暗地裡支援著繆里傭兵團。

「最重要的是，這裡不會追究大家的來歷。」

魯華這麼說。

雷斯可沒有公會，就代表沒有人查核，也沒有人監視。

這裡甚至沒有設置城牆。

「一點也沒錯──在金錢方面也是如此。」

聽到羅倫斯的話語後，餐桌上的視線全集中了過來。
不管用了哪種方式賺錢，錢對人的影響力也不會改變。
對於經常用對方鮮血弄髒金錢的傭兵來說，這恐怕是不能聽聽就算的話題。
「什麼意思呢？」
「任何地方的物價以及貨幣行情，都像經過神明的指引一樣會自然而定。我想雷斯可的貨幣行情也是吧。不過，也有不是自然而定的狀況。」
魯華保持用三叉狀餐具刺起肉塊的姿勢凝視著羅倫斯，接著看向摩吉。
針對魯華等人的視線變化以及發言內容，赫蘿應該都會仔細揣摩才對。
羅倫斯相信赫蘿會這麼做，所以全神貫注於自己的發言。
「貨幣行情之所以會讓人覺得是自然而定，是因為有無數人照著自己的利害關係在行動。」
魯華等人必須在戰場上預測人們的行動、在地圖上預測諸侯們的行動，他們紛紛點了點頭。
確認完這點後，羅倫斯這麼說：
「雷斯可的貨幣行情比建築物的便宜程度，更讓我驚訝不已。不過，就算這一切都是有神明指引，神明也不可能幫人們打理一切。」
如果有人表示異議，羅倫斯就打算閉上嘴巴，但餐桌上的每個人都安靜地聽著羅倫斯說話。
他們就像豎耳傾聽著腳步聲，觀察羅倫斯將前往何處的狼群一樣。

「也就是說，就算雷斯可的行情非常偏離市價，貨幣也……我指的是崔尼銀幣。即使崔尼銀幣會自然集中到雷斯可，也絕對不可能只有貨幣集中而已。」

魯華的一頭短髮想必是抹上蛋白，才會豎得直挺。

如此注重外表的魯華看了天花板一眼後，插嘴說：

「你的意思是，有人在搬運貨幣？」

「沒錯。然後，人們一有動靜，其他人一定會注意到。所以，我完全不知道雷斯可的貨幣動向究竟呈現什麼樣的狀況。」

羅倫斯跳過了一項連接到結論的細節。

仔細聆聽羅倫斯每一句話的聽眾，有一種被人丟下不管的感覺。

「？」

每個人探出頭等待著羅倫斯繼續說下去。

如果現在是在交涉，商人此刻就要大刀一揮，砍下這些探出的人頭，然後賺取利益。

「就是在雷諾斯，也打聽不到什麼有關雷斯可的情報。這代表著幾乎沒有人往返此地。」

就算沒有透露能夠賺錢的行情消息，也不可能每個人連即將前往何處都絕口不提。只要說出目的地，留在城裡的人就會對該目的地感興趣。除非所有人都事先統一好說法，否則關於雷斯可的話題一定會傳開來。

然而，雷斯可的話題沒有傳開來。與其說這是因為所有人都是祕密主義者，更自然的推測應該單純只是沒有人移動。

事實上，羅倫斯兩人在前往雷斯可的路途中，幾乎沒看見有人經過。

移民者們想必也是搭船到比西邊港口——凱爾貝更偏向北方、根本稱不上是城鎮的地方後，再沿著山腳來到雷斯可。

雷斯可明明如此地開放，不被人知的程度卻讓人覺得奇妙。

「一開始以為行情是最近才突然出現劇烈偏差，但在市場到處走動後，發現好像不是這樣。感覺上，來自北方各地的那些人，都是原本就知道在雷斯可拿得到崔尼銀幣才會來這裡。畢竟值得信任的貨幣非常貴重。然後，拿到值得信任的強力崔尼銀幣後，那些人似乎就會回到故鄉去。這麼一來，如果銀幣沒有定期性流入雷斯可，應該很快就會陷入貨幣短缺的狀況。我在溫菲爾王國見識過那樣的場面。貨幣動向，也就是商人動向，就像沉船時逃出來的老鼠一樣敏感。」

四周一片喧鬧之中，餐桌上開始散發出沉重的氣氛。

感覺上，甚至就快聽見了交換視線的聲音。

讓羅倫斯感到佩服的一點是，只有魯華一人一直注視著羅倫斯。

「我本以為應該是德堡商行把銀幣帶進來，但如果真是如此，人們應該會注意到吧。而且，金幣與銀幣的行情是靠著德堡商行的兌換保證而維持一定，所以無法解釋銀幣與金幣之間的行情差距。這麼一來，只有一種可能性。」

「有人在暗地裡帶入貨幣？」

魯華直直注視著羅倫斯說道。

在某種涵義上，他的口吻近似威脅。

如魯華般聰明的人，應該預料得到羅倫斯接下來會詢問什麼。

羅倫斯輕輕揉了揉鼻子，再揮開膝蓋上的麵包屑後，緩緩開口說：

「像我這種市井小商人並不了解戰爭的世界。只會在戰爭世界流傳的情報，不知道能夠保密到什麼程度呢？」

表面上，這般發言與一路來的對話毫無關聯。

餐桌上這些人令人害怕的地方是，他們能夠在沒有變換什麼姿勢下，做出備戰姿勢。如果沒有實際與這些人對峙，就體會不到這種像小鳥被獵犬盯住似的感覺。羅倫斯不覺得在四周吵鬧著的傢伙們已察覺到異樣。

倘若不是赫蘿陪伴在身邊，羅倫斯根本沒辦法與這些人對峙。

注視著羅倫斯好一會兒後，魯華總算開口說：

「你問這個要做什麼呢？」

魯華在嘴角留下溫和笑容，並用小刀切著手邊的牛肉。那牛肉是經過熬煮、燒烤，並搭配上大量辛香料的美味料理。有別於烤得焦黑的外圍部位，肉塊內部呈現紅色，並包住大量肉汁。

魯華一副茹毛飲血是強者義務似的模樣，把牛肉送進嘴裡。

在與人交涉方面，魯華的經驗似乎比羅倫斯更勝一籌。

「像我這種小商人如果要買下商店，那可是一件世紀大事。所以我想要看清楚雷斯可發生了哪些事情，也想替雷斯可的未來算算命。」

完全不知道狀況的人聽了，一定會覺得兩人的對話銜接不起來。

不過，魯華沒有反問。餐桌上的其他人也一樣。

來到旅館前，羅倫斯與赫蘿一起思考過每一種可能性，並在一一否定每一種可能性後，得到了極其單純的結論。

貨幣明明被帶出城鎮卻沒有短缺，就表示一定有所供給。搬運大量貨幣十分大費周章，而就算沒有搬運大量貨幣，如果換成多數人前往雷斯可，儘管不願意也會引起他人注意。

這麼一來，除非有幽靈在搬運貨幣，或是有精靈在兌換天平上惡作劇，否則一定是有人在暗地裡帶入貨幣。

所謂生意，一定是先有原因，再有結果。

不會被人追究目的地，帶著大量行李也不會遭人懷疑。

只要冷靜下來尋找符合這般條件的人，就會發現答案通常近在眼前。

「能夠一直保密。」

魯華擦拭一下嘴角後，冷漠地說道。

魯華肯定是在表示羅倫斯的推測正確。

赫蘿坐下來後這才第一次伸手拿起啤酒杯。這般舉動也證實了這個說法。

魯華輕輕撫摸著耳緣。

這時，餐桌上的緊張氣氛瞬間散去。

「能夠一直保持祕密。畢竟我們能夠帶著大量的行李移動。」

摩吉有些驚訝地看向魯華，但魯華以手勢制止了存在如爺爺般的摩吉目光。在那之後，魯華的手就這麼移向赫蘿，而赫蘿正大口咬著烤得酥脆的鴿肉派。

「杯子裡的酒變少了，摩吉。」

摩吉聽了後，急忙在赫蘿的酒杯裡倒酒。

當然了，酒杯裡的酒根本沒減少多少。

魯華想必是察覺到了赫蘿一直監視著餐桌上的視線交會，或他們的姿勢變化等狀況。魯華儘管只是單純繼承繆里之名，但似乎確實培養出了狼的狡猾與敏銳度。

對於這點，赫蘿想必很高興吧。

她禮貌地答謝後，一口氣喝下半杯酒表示敬意。

「而且，我們的人數眾多。住在旅館時，吃得也多。旅館的人光是要採買我們每天吃的食物就夠忙了吧。」

魯華像在閒話家常似地說道，然後命令部下盛好加入蔬菜，還混了麵包增加濃稠度的熱湯。

羅倫斯立刻明白了魯華是在騰出時間讓自己有機會發言。

「如果再拜託旅館幫忙調度採買鞋子或服裝，一定更加辛苦吧。」

聽到羅倫斯的回答後，魯華做出回應說：「可是，如果我們一窩蜂地跑進店家，很可能被當成盜賊。」

下一秒鐘，金錢流向在羅倫斯腦中串連了起來。

羅倫斯最後想知道的一點是，德堡商行為何要建立出這般金錢流向呢？

「羅倫斯先生，不知道你願不願意賞光？」

魯華簡短說道。

「用完餐後要不要到樓上喝點烈酒呢？」

魯華的意思是「已經不能夠在這裡繼續說下去了」。

羅倫斯點了點頭，然後回答一句：「這是我的榮幸。」

羅倫斯在用餐途中提出希望提早離席的請求後，魯華爽快地答應了。

看你是要與赫蘿擬定作戰計畫也好，或是要從危險氛圍之中抽身也行——

——魯華可能是這麼想的吧。他似乎沒有要脅迫羅倫斯的意思。

話雖這麼說，與就差沒有尖牙利爪，其他地方跟野獸沒兩樣的傭兵交手後，還是讓羅倫斯消耗了許多精力。

一方面因為白天一直在走路，所以羅倫斯學赫蘿那樣撲倒在床上。

「呵。汝算是相當努力了。」

赫蘿在羅倫斯身邊坐了下來，慵懶地甩著腳脫去鞋子。

因為赫蘿靠得很近，所以尾巴位置正好在羅倫斯面前。

赫蘿的尾巴比平常顯得毛躁一些，並且散發出羅倫斯熟悉的塵土味。

「結果，是那些傢伙把銀幣帶進來的嗎？」

「似乎是這樣沒錯。搞不好那些關於戰爭的謠言，也是傭兵自己散播出來的。」

「唔？」

赫蘿回過頭的同時，羅倫斯也因鼻子發癢而撥開尾巴。

赫蘿看似愉快地不停甩動尾巴拍著羅倫斯的臉。看見羅倫斯毫無反應後，號稱賢狼的赫蘿一副感到無趣的模樣停止了惡作劇。

「德堡商行告訴傭兵們雷斯可的貨幣行情狀況，然後說只要把大量銀幣帶進來，就能夠賺進大筆錢。因為沒有盜賊有膽量敢襲擊傭兵，於是傭兵們就抱著不勞而獲的心情來到雷斯可。可是準備前往雷斯可時，傭兵們如果說是為了賺錢會顯得太愚蠢，所以就到處散播近期內要攻打北方的謠言。」

赫蘿點點頭發出「嗯」的一聲後，躺了下來，並在羅倫斯的腰上托腮說：

「可是，目的呢？」

「是啊，我就是搞不懂他們有什麼目的。而且如果想要把銀幣帶進城鎮，他們應該自己做比較好。或許要傭兵散播謠言才是他們的目的也說不定。」

商人不會做出沒有意義的事情。就這般前提來說，德堡商行會這麼做，一定有其理由，並且期待帶來某種結果。

「先假設德堡商對北方地區有所圖謀吧。然後，為了讓疑心病重的優秀騎士和傭兵們集中起來，所以先丟出不勞而獲的賺錢機會把這些人引過來。剩下的一些烏合之眾，因為聽到那些傢伙的閒言閒語，或是聽到有人實際前往北方的情報，就自顧自地群聚了過來。也就是說，德堡商行能夠在不需要付錢給眾多騎士和傭兵之下，把他們吸引過來。」

只要騎士和傭兵的聚集人數愈多，就會有愈多人抱著「肯定會發生什麼事情」的想法而聚集過來。

凡是有過靠著口才在廣場賣東西的經驗，都會知道一件事實。

如果沒有半個人願意當聽眾，東西就會完全賣不出去，但如果有三、四人在現場，狀況就會不同。所以，商人會花錢請來三或四人當假觀眾，這樣就能夠把東西硬是推銷給因為好奇而聚集過來的人們。

「可是，就算把騎士和傭兵都聚集過來，這些人也只有在戰場上才有用途……」

「既然把東西聚集了過來，就要加以利用。很合理的觀點。」

雖然赫蘿提出這樣的意見，但羅倫斯還是覺得無法接受。

而且，羅倫斯也知道絕對不是只有他才會有這樣的想法。

「要讓城鎮一直維持這樣的活力，應該會很吃力才對。而且，根據魯華的暗示，德堡商行也是有其理由，才會支付騎士和傭兵那麼高昂的酬勞。」

「嗯？」

「雷斯可充滿活力的模樣，有一部分是勉強表現出來的。」

聽到羅倫斯的話語後，赫蘿用鼻子嗅了嗅味道。「我不是指靠演技還是裝模作樣的意思。」

羅倫斯一邊苦笑，一邊接續說：

「德堡商行似乎是靠著幫傭兵們支付住宿費或日常用品、工具等費用，來供給城鎮金錢。至少魯華是這麼想的。如果是這樣的話，為了讓雷斯可能夠順利運作，德堡商行顯然一直在自掏腰包。這是犧牲許多金錢後才打造出來的城鎮，我實在不覺得德堡商行會因為一場戰爭，就把城鎮毀掉。」

這麼做只會虧損。德堡商行藉由把傭兵留在雷斯可的舉動，甚至不惜幫傭兵代墊生活費也要讓城鎮得以活性化。這麼一來，來自北方的人們就會前來販賣商品。來到雷斯可之際，肯定也會把品質優良的各式各樣手工品買回去，所以工匠們的荷包也能夠變得飽滿。

以想要讓城鎮發展的角度來說，這可說是最佳手段。

可是，德堡商行這麼做的理由是什麼呢？

羅倫斯兩人在追查如赫蘿般古老存在的狼骨時，第一次聽到了德堡商行的名字。當時兩人得知德堡商行計畫在北方地區引起戰亂，而氣憤地說著「不可原諒」。

就算這不是事實，也很難抹去最初留下的印象。

或許就是因為腦中的印象與眼前的事實不同，羅倫斯才會想不出德堡商行的企圖。

事實上，羅倫斯想得腦筋都快打結了。

這時，赫蘿輕輕笑了出來。

「妳發現什麼了嗎？」

羅倫斯挺起身子問道，都忘了赫蘿在他腰上托著腮，結果害得赫蘿的臉從手掌滑落，而生氣地打了一下羅倫斯的屁股。

「沒有。咱只是覺得受不了汝等，汝等商人不管打不打仗，都會以損益計算來思考。」

聽到赫蘿的話語後，羅倫斯半挺起的身子放鬆了力量。

「嗯……那當然啊。如果是諸侯引發的戰爭，當中就會牽扯到一些無聊爭執或長年累積下來的怨恨之類的理由吧……畢竟商人不會為了保護個人利益以外的東西而戰。」

「保護？」

聽到赫蘿的話語後，羅倫斯一邊看著牆壁，一邊回答：

「沒錯。世上的悲劇大多是為了保護某種東西而引起。其中最大的東西就是土地。」

羅倫斯從牆上移開視線，並越過肩膀看向赫蘿。

赫蘿望著羅倫斯的腰，露出看向遠方的眼神。

「這妳也有過經驗吧？無法轉讓的東西如果是移動不了的土地時，就算面臨再巨大的暴風雨來襲，人們也會站在那塊土地上咬緊牙關。所以，就會發生悲劇。」

商人之所以會受到蔑視，並且給人不鎮靜的印象，想必是因為大家對商人抱持著「緊要關頭時會抓起金袋逃跑」的觀點。事實上，旅行商人確實屬於這種人。

想要保護的東西變得愈多，就會愈綁手綁腳，而發生危機之際，也會很容易被捲入悲劇。

與赫蘿初相遇時的危機，就是一個好例子。

或許是察覺到了羅倫斯在想什麼吧。

赫蘿用倚在羅倫斯腰上的手肘用力鑽來鑽去，然後嘆了口氣。

「那麼，這座城鎮的那什麼商行事實上也是為了無聊的利益，而打算對北方地區，也包括約伊茲出手？」

雖然腦中已有某程度的認知，但實際說出口後，赫蘿才發現是非常苦澀的話語。

羅倫斯隔了一會兒後，輕聲回答：

「雷斯可沒有仇恨，甚至沒有宗教狂熱。雖然這是我身為商人的眼光，但在這裡看見的每一件事情都跟生意有關。如果德堡商行真的企圖引發戰爭，應該只有一個理由吧。」

如果有仇恨，可以以牙還牙；面對逼人接受新信仰的強勢佈道，可以靠對信仰的狂熱反抗。

然而，如果只是經過損益計算而有的單純賺錢話題呢？

帕斯羅村的村民在替村落賺錢的同時，表示要與古老時代訣別而與赫蘿劃清界線。

村民們充滿憤怒且毫不困惑，這也無疑是值得起身而戰的理由。

所以，假設德堡商行純粹是為了賺錢而戰的話，赫蘿肯定會有一種感到掃興的無力感。

「……咱們先是感到害怕、畏懼，然後摩拳擦掌準備迎戰，還真顯得有些蠢。」

「來到雷斯可的當下，就有這種感覺了吧？」

赫蘿隔了一會兒後，點了點頭。

「不過，管它真相怎樣，只要不發生戰爭，也沒有人會陷入不幸，我也能夠在這裡開店就好……」

羅倫斯像在說夢話似的說出這般話語。

事實上，這確實很像夢話。

雖然德堡商行的實態模糊不明，但聽到羅倫斯這般近似胡言亂語的話語後，赫蘿忽然笑了。

赫蘿抬起頭不再托腮，然後把下巴靠在羅倫斯的左肩上。

「若咱也在附近的話，更是錦上添花？」

雷斯可與約伊茲之間雖說有一段路，但也不可能距離太遠。

如果只是這麼點距離，當赫蘿陷入鄉愁時，隨時都能夠回去。

「當然。」

羅倫斯老實地回答後，赫蘿開心地在羅倫斯的肩膀上磨蹭著臉。

四周一片安靜，兩人也都喝了一點酒。

如果以羅倫斯的常識來判斷，這時就該順勢而為。

然而，羅倫斯在雷諾斯時這麼做卻失敗了。如果又破壞了難得有的好氣氛，那可糟糕。

羅倫斯輕輕挪動身子，拉出被赫蘿壓在身體下的手臂，然後摸了摸赫蘿的頭，並挺起身子。

「我是很想就這麼睡下去，但還有事情要問魯華先生他們。」

羅倫斯語調開朗地說道，像是試圖甩開內心不同於醉意，也不同於疲勞的高昂情緒。

只是，赫蘿保持躺在床上的姿勢仰望著羅倫斯，並且愣住了。羅倫斯見狀，就這麼帶著臉上的假笑停下了動作。

「怎麼了？」

聽到羅倫斯的詢問後，赫蘿以極度緩慢的動作撥開羅倫斯放在她頭上的手，然後一副精疲力盡的模樣挺起身子說：

「沒事。」

羅倫斯實在不覺得這是赫蘿的真心話，但此刻的氣氛讓羅倫斯也不敢多問。

是不是我又做錯了什麼？

羅倫斯這麼想著時，挺起身子的赫蘿像是要讓羅倫斯鎮靜下來似地，伸出了右手。

「算了，沒事。」

赫蘿簡短地說道，然後別過臉去，深深地嘆了口氣。

那嘆息聲不像在生氣，而是打從心底感到受不了。

因為赫蘿這樣的情緒很容易化為憤怒，所以羅倫斯不禁感到害怕，但赫蘿嘆完氣看向羅倫斯時，臉上表情就像一個疲於育兒的母親。

「不過，此刻應該優先調查那家商行有何企圖唄。」

赫蘿拚命地露出笑容，卻無法完全掩飾臉上的疲憊。

儘管如此，羅倫斯還是勉強配合著赫蘿點了點頭。

赫蘿走下床，並穿上鞋子。調整好腰帶和長袍的位置後，赫蘿大動作地伸了一個懶腰。

無法順利掌握狀況的羅倫斯，只能夠坐在床上看著赫蘿伸懶腰的嬌小背影。看見赫蘿無力地垂下雙手，羅倫斯不禁覺得那背影看起來果然像在生氣。

「喏！還不快點起床？對方似乎正好來叫人了。」

然而，赫蘿回過頭時，臉上並沒有怒意。

赫蘿的尾巴也已經藏在長袍底下，所以看不見反應。

雖然羅倫斯搞不大清楚是怎麼回事，但赫蘿儘管忍不住嘆息，卻沒有離開羅倫斯身邊。

如同羅倫斯與赫蘿已先交換過意見，魯華幾人想必也一起思考過對策。前來呼喚羅倫斯的人不是小伙子，而是方才與魯華等人同桌的年輕人。這名年輕人看起來比魯華年輕了一些，與羅倫斯比起來則是小了五、六歲的感覺。

不過，如果要說對方看起來像是即將進入工匠工作坊服務的年輕人，眼神似乎稍嫌犀利了一些。這名年輕人如果想要做一些新嘗試，也許必須幸運活到年紀大一些的時候，等到其犀利眼神變得圓滑後，才可能成功。

「事到臨頭時，有咱在。」

走出房間時，赫蘿在羅倫斯耳邊這麼說。

倘若德堡商行不願意讓人知道傭兵在暗地裡搬運銀幣，魯華讓不小心發現祕密的旅行商人留在旅館，肯定會感到焦慮不安。

然而，跟著帶路者走進房間後，羅倫斯發現氣氛十分地悠哉。

無論是暗算或奇襲，都是傭兵的拿手好戲。面對這樣的對手，或許羅倫斯的頭腦根本就幫不上忙。不過，看見赫蘿也表現出有些鬆了口氣的樣子，羅倫斯猜測對方應該不是在演戲。

「請坐。」

一般來說，旅館的樓層愈高，房間就會愈樸素。

也就是說，這間位於二樓的房間會是全旅館最高級的房間，但因為房間裡的物品太多，加上這棟建築物本身就不是走高級路線，所以房間並沒有想像中來得寬敞。一方面因為多準備了椅子給羅倫斯兩人坐，所以房間裡甚至顯得有些壓迫感。

「在樓下可能有點吵。既然要喝生命之水，當然要在安靜一點的地方比較好，對吧。」

魯華說罷，站在身旁的摩吉，立刻用指甲彈了一下彩色玻璃製的酒杯。

鏘！這般獨特的聲音近似金幣互撞的聲音。

魯華等人使用銀製餐具用餐、以玻璃酒杯喝酒，這完全是屬於貴族的行徑。

而且，傳到每人手中的酒呈現比赫蘿尾巴顏色更深的深咖啡色，並且散發出強烈煙燻味。

「生命之水」是一種迂迴的說法，其實是某種蒸餾酒的榮譽頭銜。

「感謝工匠的技術！」

喝這種酒時似乎有一個規矩，就是一定要加上這句話。魯華這麼說完後，舉高了酒杯。

羅倫斯兩人也齊聲複誦一遍後，喝下了酒。

赫蘿原本有些嫌棄酒太少，但一口氣喝下差不多半杯的酒後，驚訝地瞠大雙眼。

「聽說要製造出這些量，需要用上三倍到四倍的酒。」

魯華把酒含在嘴裡，跟著一副像是吞下了烈火似的，緊緊閉上眼睛並喝下酒後這麼說道。

「聽說氣質高尚的貴族大人會用水稀釋這烈酒來喝，但我覺得這根本是在褻瀆酒。他們一點都不懂為了蒸餾出這種酒，花費了多大的勞力在裡面。」

羅倫斯也不大清楚製酒方面的知識。他只知道蒸餾時必須使用到的蒸餾機價錢昂貴，以及擁有記載了增加風味的香草圖鑑或釀造過程的書籍，就等於擁有一筆財產。

再說，魯華說出這番話，似乎也沒有想要尋求羅倫斯贊同與否的意見。「所以……」魯華一邊接續說道，一邊再喝了一口生命之水。

「經過協議後，我們決定把一切告訴羅倫斯先生。」

羅倫斯當然沒有愚蠢地為了隨時能夠逃跑，而做出確認出入口狀況的舉動。

魯華瞇起眼睛，一副在享受觀察羅倫斯反應的模樣。

「那邊那兩人其實就是摩吉的接班候選人。希望你能夠答應兩人參加，好讓他們將來能夠參考學習。」

從魯華的角度看過去，左右兩側各有一名年輕人貼著牆壁而立。兩名年輕人被介紹後，立刻挺起原本已經很直挺的背脊。

「我只是一個小小的旅行商人啊。」

聽到羅倫斯的話語後，魯華說：「會說這種話的人最恐怖。」

「德堡商行有什麼企圖，比打算攻打什麼地方更為神祕。」

魯華單刀直入地切入話題。

趁著說話的空檔，摩吉恭敬地在魯華帶有藍色的酒杯裡倒酒。

「來到這個城鎮後，大家都會為很多事情而訝異，然後感到奇怪地拚命動腦思考。可是，想了半天還是搞不清楚是怎麼回事。所以，就這樣不了了之。既然一切都運作得很順利，就沒必要想太多吧。在這裡有錢賺，每天晚上又能夠開心地大吃大喝，這樣就好了啊。除此之外，還要期望什麼？大家又不是怪力騎士藍茲．虎克，如果不過冒險的日子，就活不下去。」

為了鼓舞在指揮空檔容易變得膽怯的心，魯華習慣閱讀騎士文學，這樣的他說出了知名傳說中的騎士之名。

「如果是大規模的傭兵組織，就會一腳踢開花錢養的商人吧。不過，我們團沒有養商人。所以，對於才來到城鎮沒幾天，一下子就識破我們在搬運銀幣的商人大爺，我們就是砸大錢，也要讓他玩得盡興。」

魯華朝向羅倫斯舉高酒杯，然後一口氣飲盡杯中的酒。

那烈酒就連赫蘿也只敢用舔的，魯華卻是一口喝下，而摩吉當然沒有出聲阻止，並且在魯華指示前再倒入酒。

「搬運銀幣進來很賺錢嗎？」

對於魯華的大肆褒獎，羅倫斯原本打算恭敬以對，但是後來改變了想法。傭兵們非常重視名譽，如果針對重視名譽者的話語刻意顯得謙虛，有可能被視為侮辱行為。

既然受到好評，就必須表現得像一個值得好評的人物。

羅倫斯明白了總喜歡擺出高傲姿態的諸侯，為何那麼喜歡邀請口才好的傭兵一起用餐。

因為傭兵們會把真心話和客套話混雜在一起。

「很賺錢。比事前討論過的金額更高。」

「所以銀幣真的有在短缺嗎？」

「嗯……不過，在我們之後也有好幾位領主聞風而來。所以後來利潤並沒有那麼好。也就是說，應該有幾位領主賺到了很多利益才對。」

「真令人羨慕。」

羅倫斯面帶笑容說道。

魯華點了點頭，然後先咳了一聲，才開口說：

「我經常聽人開玩笑說，德堡商行因為賺太多金幣而困擾不已。也曾聽過德堡商行在這塊權力細分得厲害的土地運作得很順利，還把因為貨幣短缺而痛苦掙扎的南方諸侯當成奴隸在對待。雖然有一半是因為羨慕，但看見對方全額拿出金幣來付錢給我們的時候，真的會讓人覺得他們是真正的大人物。在這時代，戰爭的勝敗大概都是依金幣數量而定。這些傢伙如果認真起來對北方地區下手，不久的將來肯定能夠成為領主。」

明明連戰爭什麼時候會開始都不知道，傭兵們卻願意一直停留在雷斯可的原因只有一個。就算生活費受到保障的魅力再大，傭兵團當中應該也會有人擔心團員失去紀律，而想要在團員鬆懈到無可挽救的地步之前離開城鎮。

但是，沒有人這麼做。這肯定是因為還有其他原因。

「德堡商行會從商行變成領主？」

「我是這麼推測沒錯。就算要當上領主有困難，商人們有時候也會組成足以與國家匹敵的同盟或權力圈。」

有一個經濟同盟，旗下好幾艘軍艦，並高高掛起月亮與盾牌圖樣的旗幟。在溫菲爾王國時，羅倫斯見識到了該同盟力量的一角。

「所以，很多傭兵團都決定留在這裡。要是能夠響應這次的行動，其回報可是相當地大。到時候流浪騎士會拿到統治領地的職位，我們傭兵也會被雇用為專屬武力。這種事情或許只會在古老戰爭時代發生，但德堡商行會為了進行貿易而雇用我們的可能性極高。」

尤其德堡商行做買賣的商品是貴重的貴金屬。假設德堡商行成功壓制北方地區，並開發了更多座礦山，為了防衛新礦山或確保貿易路徑，雇用熟悉戰爭的人們想必會是很方便的手段。

到目前為止的內容還處於可輕易想像出來的範圍內，所以羅倫斯也能夠理解狀況。

不過，如果狀況只是這樣的話，魯華絕對不可能請羅倫斯喝這麼好的酒。

「儘管如此，你們還是不認為德堡商行會引發戰爭。」

聽到羅倫斯的話語後，魯華用力拍打了一下額頭。

這般舉動彷彿是一種信號似的，魯華說話時不再散發出擺架子的感覺。

「是的，一點也沒錯。我們傭兵團的規模並不大。我們規模算小，卻還能夠從古老時代就一路繼承團旗到現在，全是靠著絕不疏忽於磨練智慧，並預知即將到來的未來。可是，這次預知不到。我們想不出德堡商行在想什麼，也不知道他們打算做什麼。我們必須知道自己被當成什麼樣的工具來使用，如果這點解讀錯誤，笨傭兵就會被雇主殺死。」

魯華他們不像羅倫斯是為了賺錢而動腦筋。

他們是為了自己的存在而過日子。

如果他們是狼，羅倫斯肯定是一隻純種羊。

「可是，我們不知道會被當成什麼工具。德堡商行堅持不採取行動。很多戰力現在都還沒受到安排。如同我先前向羅倫斯先生做過說明一樣，還有幾位貴族沒有點頭答應，而這想必也是原因之一。不過，憑德堡商行現在的實力，只要動員所有戰力，應該能輕鬆讓這些貴族屈服才對。為何德堡商行不這麼做呢？他們在雷斯可吐出大量利潤，人們也為了得到這些利潤而群聚過來。我們所知道的有錢人不會做出這種行為，而這也不像人情味深重的修道院會有的施捨行為。戰場上最該害怕的事情，不是遇到強大的敵人……」

魯華喝了口酒，然後接續說：

「最該害怕的事情是，不知道自己處於什麼狀況。這點羅倫斯先生應該也一樣吧？」

無論是魯華的外表或語調，都感覺不到一絲醉意。

兩名貼著牆壁而立的年輕人，直直注視著羅倫斯。

「沒錯。狀況允許的話，我也想在雷斯可建立一塊屬於自己的地方。所以，我很希望能夠解開這個謎題。」

魯華點了點頭。

然後，魯華咬下鹽漬樹果，發出了清脆的聲響。

這時，摩吉開口說：

「漫長歷史中，我們也一路被數不清的商人害得遍體鱗傷。我們專門拿人金錢為人辦事，而金錢受到商人操控。數字大到能夠雇用我們這些傭兵的金額，大多很容易掌握到動向。因為這種時候，如果沒有一個任何人都願意接受的理由，就不可能讓我們動作。可是，這次完全看不見動向。明明看得見金錢的流向，卻不知道最終流向何處。只要羅倫斯先生願意為我們解開謎題，我們已經準備好要回答您所有的問題。」

只要是可利用的東西，都可以拿來利用。

這般現實性觀點讓魯華等人願意這麼拜託羅倫斯，而不是因為覺得羅倫斯很優秀，或看在羅倫斯是赫蘿同伴的份上。

不過，對羅倫斯來說，德堡商行的動向也是一個重大的問題。

萬一真的買下那棟便宜出售的店面，又能夠安定做生意的話，羅倫斯就能夠實現坐在馬車駕座上一邊望著馬兒屁股，一邊追尋的夢想。

這件事情的重要性，就跟赫蘿不需要再擔心北方地區會遭到破壞一樣。

「我會盡最大的努力來回應幾位的期待。」

羅倫斯這麼回答。

絞盡腦汁在思考時，上情下達反而會是阻礙。

彷彿為了實踐這般理論似的，魯華坐在書桌上，摩吉與兩名年輕團員則坐在長箱子上。

「不過，在金錢流向方面，我不大明白一點。」

「哪一點？」

「雷斯可的稅金。」

雖然大家都痛恨被徵收稅金，但為了維持城鎮紀律以及外觀，徵稅是絕對不可或缺的制度。

然而，雷斯可既沒有公會，也沒有城牆。羅倫斯無法想像這樣要如何讓城鎮運作下去。

所以，得到的答案也是羅倫斯無法想像的內容。

「雷斯可不徵收稅金。」

「唔！」

羅倫斯險些說出「那有這種蠢事！」

背負著被城鎮居民怨恨的宿命、出生在徵稅官家族的無數人們，如果得知城鎮不需要徵收稅金也能夠營運，肯定會欣喜若狂。

「因為這裡沒有城牆，所以很難去徵收通行稅。您看過市場了嗎？」

聽到摩吉的話語後，羅倫斯點了點頭。

「市場就如同您看到的那樣十分簡樸，所以看不出什麼人帶來了什麼東西，又以多少錢在販賣。更何況這裡除了德堡商行之外，並沒有任何更有秩序化的組織。而且，商行不會向人民徵收稅金。畢竟徵稅權原本是國王才有的權利。德堡商行要是行使了這種權利，雷斯可將會立刻化為戰場。」

德堡商行沒有行使這種權利，卻能夠維持雷斯可的秩序與整潔。

這如果不是魔法，就是德堡商行拿出一部分只能夠形容是用魔法賺來的利潤在維持。

「不過，關於稅金，我們有一個想法。」

摩吉咳了一聲後，接續說：

「德堡商行不知道在十年前還是二十年前，總之就是在這裡還沒有受到任何人矚目的時候，就買下了這周邊的廣大土地。」

這世上，根本不存在不屬於任何人的土地。

「聽說當時的價格非常便宜，但現在不一樣了。德堡商行藉由在土地上建蓋建築物來販賣以賺取資金，另一方面卻幾乎沒有賣出城鎮中心位置的土地，而是以出租的方式來徵收租金。而且德堡商行雖然會出售建築物，但沒有賣掉定期租地權，所以還是持續會有相當金額的進帳。」

「而且，雷斯可還這麼充滿活力。出售中的建築物價格幾乎每天都在上漲。」

魯華補充道。

雖然德堡商行的舉動就像在分割自家庭院來賣，但既然運作得很順利，也沒有更好的方法。

畢竟徵稅真的是一件非常辛苦的工作。徵稅必須調查財產，調查貨物，調查一大堆事情，而且納稅者一定會想要隱瞞事實。不過，土地建築物永遠都存在眼前。如果以賣出建築物的款項取代稅金會很輕鬆，如果再徵收定期租地費，那就更輕鬆了。

不過，最重要的一點是，如果用來維持城鎮的資金調度是依存於土地與建築物，在某程度上就能夠明白德堡商行不惜自掏腰包，也要維持城鎮活力的理由。

人們會呼朋引伴，而人們聚集在一起後，一定會需要建築物和土地。

可是，思考到這裡果然也會出現與方才相同的問題。

德堡商行把騎士、傭兵，還有諸侯們聚集在一起，打算做什麼呢？

應該還有其他理由才對。

德堡商行應該還有一個羅倫斯等人沒有察覺到的企圖。

然而，羅倫斯想不出會是什麼企圖。

「那麼，我看到的那棟建築物不久後也會被買走嗎？」

眼見對話就快延續不下去，於是羅倫斯這麼詢問。摩吉接下話題說：

「應該留不了多久吧……那棟是邦茲商行出售的建築物吧。邦茲商行的存在就跟德堡商行的分行沒什麼兩樣。礦山營運方面是由德堡商行決定政策，其他幾家商行則負責執行實務性工作。

也就是說，那棟邦茲商行在出售的建築物是……」

「實質上的最低價格。」

有時候商品價格會貴得嚇人，是因為中間有多人介入。

「雖然聽說一些有錢的諸侯也拚命在搜購建築物，但感覺上目前的行情算是穩定。或許應該說，因為雷斯可目前的狀況就是在販賣自由與夢想，所以德堡商行保留了幾棟建築物給像羅倫斯先生這樣的人也說不定。」

據說德堡商行的重心人物們為了逆轉局勢而成立德堡商行，最後成長到現在這般規模。正因為如此，所以他們知道給予新人機會的重要性。

平常如果聽到這種話，應該要當心受騙，但實際感受過雷斯可的氣氛後，就會覺得這種話未必是謊言。

更何況還是從一張臉彷彿用一再敲打過的牛皮做出來似的摩吉口中說出來。

而且，在與阿瑪堤互爭赫蘿的對決中，羅倫斯學會了當某種物品的價格高漲時，必須要有一定的數量在市面上販賣才行。

如果東西太稀少，任何人都沒辦法做買賣的話，多數人都會別過頭去。多少有人會買，自己也能夠藉此得到好處；只要讓人有這般想法，就能夠讓更多人聚集過來。

這麼一想後，羅倫斯忽然覺得自己會想在雷斯可開店，似乎正好中了德堡商行的下懷。然而能在沒有任何規定的城鎮以便宜價格擁有自己的商店，就是在夢裡也尋找不到這般好條件。

羅倫斯不得不承認一想到店面價格以及雷斯可的活力，就會感到心癢難耐。

儘管如此，羅倫斯還是不得不回想與赫蘿一路旅行下來，好幾次被嚇得快逃跑時，赫蘿解救了他。

而且，羅倫斯知道比起大筆金錢或擁有商店的夢想，現在有更加重要的事情。

赫蘿在旁邊乖乖舔著酒，羅倫斯望了她一眼後，不慌不忙地針對摩吉的發言疑點試探說：

「諸侯也來到了雷斯可？」

「是的。而且謠言傳得很凶呢。我應該沒說錯吧？」

摩吉把視線移向魯華。魯華縱使酒量再好，還是有了一些醉意，他眼角微微泛紅地回答：

「嗯。畢竟這一帶就是在度過古老戰亂時代後，還是沒有統一成一個國家。事到如今，想必諸侯也根本沒有那種想要打仗的氣概了吧。比起打仗，諸侯自然會更想要像南方貴族那樣過著優雅的生活，而我也能夠理解諸侯這樣的心情。所以……」

魯華喝下酒，然後把酒杯比向年輕部下。

然而，年輕部下搖了搖酒甕。裝了滿滿一甕的生命之水，似乎已經喝光了。

「已經喝完了啊……對喔，我還沒說完。所以，一開始我們也覺得雷斯可沒有設置城牆很奇怪，但後來我們也發現了真正用意，而不得不佩服德堡商行的膽量。」

以羅倫斯的常識來說，沒有設置城牆的地方不叫做城鎮。因為城鎮好歹都必須有自治權，為了靠自己的力量來決定未來，城鎮必須保護自己不受到權力人士們的專制對待。

村落之所以沒有設置城牆，是因為村民與村落同樣是領主的所有物，就算沒有城牆，村民也知道每年應該進貢什麼給領主，而且村民不會有反抗的念頭。

不過，這裡是一個由懂得動腦思考的商行負責營運，並且充滿金錢魅力的地方。

就算有其他地方的人想要攻下這裡，也不足為奇。

這麼一來，應該蓋起城牆徹底做好防衛才對。

「城牆這東西呢，其實不單純只是為了防禦敵人而存在。」

魯華交代部下拿葡萄酒來後，從書桌上站了起來。

然後，魯華繞到書桌後方反覆踱步。

「城牆同時是為了不讓城裡的人逃出去而存在。」

「喔？」

一直沉默不語的赫蘿，一副感到佩服的模樣低聲說道。

魯華顯得滿意地點了點頭，然後接續說：

「一發生戰爭，就會關上城牆的大門，然後隨時派兵守在那裡。這麼一來，不僅外面的人進不來，裡面的人也出不去。在高聳的城牆包圍下，所有人會當場變成一個命運共同體。就算城裡有人想苟活下來，也不可能做得到。所有人當然一定要同心協力。如果換成是沒有城牆的狀況，只要覺得有危險，多數人都會打包行李逃跑。如果戰爭局勢對這方不利，大家更是會逃跑。在有路可逃，而且多數人都已逃跑之中，有誰會願意賭上性命守護城鎮？城鎮一下子就會全軍覆沒。所以，像我這種老是愛掀起外套下襬的人，才會永遠站在士兵後方。」

「為了避免有人粗心大意地忘了拿東西而回頭來拿？」

赫蘿看似愉快地說道。

魯華露出像是賭博賭贏了似的表情，然後就像在說「一點也沒錯」似的指向赫蘿。

「所以，雷斯可才會沒有城牆。如果蓋了城牆，城鎮居民就容易變得團結。在寶庫裡放了滿山黃金的德堡商行，可是一點也不樂意見到這種狀況。城鎮如果變得容易守護，反而不妙。雖然要攻下雷斯可很容易，但相對地會很難守護。也就是說，攻擊者想必不會選擇當一個支配者，而會選擇當強盜。畢竟最先敲破德堡商行寶庫的人，能夠嚐到最多甜頭。不過，如果抱著金銀財寶逃跑，不用想也知道會被人追擊。如果考慮到這個危險性，就很難搶先下手。這麼一來，一些知道自己沒機會賺錢的吝嗇傢伙，就會企圖阻止對方賺錢。就這樣，打算對德堡商行寶庫下手的傢伙，變成了保護德堡商行的人。」

魯華用力擊掌，再張開手。

「真是了不起啊。」

就理論上來說，確實很了不起。

然而，羅倫斯臉上浮現了僵硬的笑容。因為羅倫斯知道這種事情只能夠在理論上成立而已。

「雖然我們傭兵團也以勇氣過人而自豪，但德堡商行的勇氣足以與我們匹敵。一般人連想都不會想到要這麼做，更何況還想要讓一切順利進行。德堡商行的勇氣值得我們尊敬。」

「那麼，雷斯可與礦山之間會有一段距離也是……」

「沒錯。也是一樣的理由。一般的礦山都會在礦山旁邊設置本營，然後布陣守護礦山。所以就會發生紛爭。很難攻陷，代表著只要設法攻下並占據礦山，接下來就很容易守護了。」

魯華在臉上浮現殺傷力十足的笑容，那表情確實非常像個活在戰場上的戰士。

然而，魯華保持這般表情吸入一大口氣後，嘆了一口充滿酒臭味的氣。

魯華先低下頭，再抬起頭後，露出彷彿喝下了臭酸葡萄酒似的表情。

「德堡商行是一個能夠如此深謀遠慮的商行，所以一定有什麼企圖。一定是的……」

說著，魯華用手按住額頭。

接著摩吉迅速站起身子。或許是長年陪伴在魯華身邊，所以摩吉已經看出魯華下一步會做出什麼事。

魯華像暈倒似地趴向書桌時，摩吉及時抱住了魯華。

「唉。少主如果能夠改掉這點，就更完美了。」

摩吉第一次稱呼魯華為少主。

從其口吻聽得出，摩吉對這個仍稚嫩不已的少主，充滿如母鳥呵護小鳥般的親情。

摩吉就是要魯華別喝酒，魯華肯定也不會乖乖聽話。

而摩吉一定也明白魯華如果沒有這樣逞強，就沒辦法扮演好傭兵團團長的角色。

「雷斯可的狀況大概就是這樣。您還想問其他什麼事情嗎？或是如果您有什麼發現，我們也願意聆聽。」

摩吉之所以咧嘴露出笑容，想必是在安慰羅倫斯如果沒有什麼發現，也不用在意。

在那之後，摩吉動作輕盈地一把抱起個頭雖小、但不算纖瘦的魯華。年輕部下似乎也早已司空見慣，而迅速讓開了路。

「目前還沒有發現什麼……」

「不過，如果您真的發現了什麼，恐怕會傷了我們這渺小的自尊，真是心情複雜呢。」

摩吉雖然長相凶悍，口才卻相當好。

「那麼，今天方便就先散會了嗎？」

「好的。謝謝您。」

羅倫斯道謝後，摩吉明確地搖了搖頭說：

「哪裡。我們才應該向您道謝呢。」

羅倫斯心想，自己並沒能夠說出什麼有幫助的話語。不過，這時摩吉在臉上浮現完全讓人聯想不到傭兵、宛如農夫般的笑容說：

「我們是個規模很小的團。少主每天必須周旋於聚集在此的各個大人物之間緊張度日。所以，有機會能夠表現得像個傭兵團團長，應該讓少主很高興吧。」

在外來者面前，而且是在年輕幹部候選人面前說出這種話妥當嗎？

羅倫斯這麼想著，但後來發現似乎沒必要操這個心。

魯華身邊的人們都信任著魯華，而魯華的工作表現也足以回報大家的信任。

如果要說魯華遇過少數不幸，那會是這個經常聽見的情節：

「有一段時間少主很嚮往當商人。可是，只有少主一人能夠繼承繆里之名。」

繆里傭兵團也有不能中斷的故事。

羅倫斯則是再次得到能夠自己撰寫故事的權利。

有些人出生時就被迫必須成為龐大故事裡的一部分而活，羅倫斯肯定永遠無法了解這些人的心情。

也許身邊的赫蘿才能了解吧。

摩吉抱著魯華擦身而過時，赫蘿像個母親一樣溫柔地撫摸魯華的額頭。因為有魯華這些人讓故事連綿不絕下去，赫蘿才能夠在故事盡頭接到繆里的傳言。

「不過，雖然少主沒能發揮商才，但羅倫斯先生兩位卻解開了銀幣之謎。不管怎樣，我們應該都會求助於兩位的智慧吧。而且，少主在您面前也抬不起頭來。」

或許是考慮到兩名年輕團員在場，摩吉一副含意頗深的模樣對著赫蘿說道，然後沒出聲地笑笑。雖然赫蘿也輕輕笑笑，但她十分清楚魯華一路繼承了寫在繆里爪子上的傳言以及繆里之名到現在，而摩吉則是一直在旁支持的事實。

走出房間、並目送部下們把喝醉酒的首領送到隔壁房間後，赫蘿臉上儘管掛著笑容，卻顯得有些落寞。

「現在這個時代的主角，是這些小子吶。」

故事書每翻過一頁，古老登場人物就會一個接著一個消失身影。

羅倫斯用手按住赫蘿的頭，然後這麼說：

「我也很努力地在過活啊。」

赫蘿在羅倫斯的掌心底下轉過頭，仰望著羅倫斯，然後冷漠地說：

「對喔，汝沒說咱都快忘了。」

因為赫蘿的冷漠態度實在太逼真，害得羅倫斯儘管知道赫蘿在演戲，還是忍不住生起氣來。

赫蘿見狀，立刻神色一亮，拍了拍羅倫斯的背部說：

「汝真是直率吶。」

羅倫斯嘆了口氣，在向摩吉打聲招呼後走回房間。

不知道是不是覺得喝得不過癮，不然就可能是生命之水不合口味，赫蘿回到房間後，立刻倒了葡萄酒來喝。

羅倫斯一副疲憊模樣在椅子上坐了下來，也懶得叮嚀赫蘿。

「不過，狀況好像愈來愈可疑了……」

羅倫斯在書桌上托著腮，然後從鼻子呼出氣來。

掌控雷斯可的德堡商行讓人抓不到其狐狸尾巴。把魯華和摩吉說的話綜合起來後，羅倫斯明白一件事——德堡商行畫下的構圖，並沒有單純到只要他動腦就可以動搖或改變。

畢竟，德堡商行不僅在金庫累積從礦山而得的利益，還奇蹟似地運作著沒有城牆的城鎮。

城鎮會變得無法擴建下去；住家會變得密集；肉店會與豬隻解剖後的內臟丟棄場附近居民起爭執；鞣皮工會因為血腥味和油臭味而遭人白眼；這一切問題都是因為蓋了城牆。狹窄小巷子裡會看見放任飼養的雞隻或豬隻隨處走動、拚命打掃也永遠掃不完街道上的垃圾、房租只會漲不會降等問題，也是城牆害的。

羅倫斯經常聽到人們笑著說「要是能夠輕易移動城牆，不知道有多好」。

而德堡商行真的這麼做了。

羅倫斯從來沒見過這樣的城鎮。

「汝是說，那家商行是真正的怪胎？」
「沒錯。而且怪得離譜。」
「嗯。」
赫蘿點了點頭，然後大口大口地喝下酒。
「不過，他們親手處理很多事情，並且細心在照顧這座城鎮，是唄？既然這樣，應該也沒必要煩惱太多唄。」
羅倫斯心想「什麼意思？」而回過頭後，看見赫蘿像個小孩子一樣用力咬斷肉乾。
「咱之所以遲遲沒有離開帕斯羅村，當然一方面是因為沒有好機會找到能幫咱帶路的傢伙，不過……最大的原因是，咱捨不得。」
「捨不得？」
「嗯。說來說去，咱畢竟花了很多心血。那裡的麥田原本就像得了皮膚病的狗一樣光禿禿，但後來看見如金色海洋般的麥穗隨風晃動，還是會有感情。照汝等說的那些話聽來，那家商行為了建立這座城鎮，投入了相當多的心血、智慧和運氣，不是嗎？」
這是千真萬確的事實。
羅倫斯點了點頭後，赫蘿也點點頭說：
「既然這樣，應該不會做出摧毀城鎮的蠢事唄？」

如同魯華所說，如果沒有城牆，萬一發生戰爭時，多數人都會逃跑。

但是，這點並無法說明德堡商行的企圖。

「唔，說不通吶？那這樣……嗯，其實有人打算攻擊那家商行，所以商行把傭兵聚集在這裡好嚇唬對方，這樣的解釋呢？」

「……合理多了，可是……這麼一來，應該不可能沒有人發現才對……如果是這樣的狀況，會有被攻擊者和攻擊者雙方的角色出現。沒有任何人發現其中一方的動靜就太不合理了吧。」

「唔……可、可是，汝啊，嗯，這有可能是那個原因。」

「那個原因？」

「嗯。如果有想要保護的人，不管是人類還是動物，都會變得膽小。這麼一來，或許會有當事人才感覺得到的恐懼，是唄？」

羅倫斯看向赫蘿，然後拉回視線嘆了口氣。

赫蘿似乎對自己的猜測頗有信心，所以看見羅倫斯的反應後，有些不高興的樣子。

的確，赫蘿的說法也是一種可能性。至少邏輯是對的。

然而，羅倫斯還是覺得無法接受這樣的說法。羅倫斯認為現在這般狀況不可能是建立在消極的原因上。德堡商行應該有什麼企圖才對——甚至應該說他們不可能沒有企圖。

羅倫斯在椅子上坐正身子，然後靠著椅背閉上眼睛。

這時，赫蘿開口說：

「能問汝一個問題嗎？」

赫蘿的聲音忽然從非常近的地方傳來，羅倫斯驚訝地張開眼睛。

下一秒鐘，赫蘿從後方抱住羅倫斯，讓羅倫斯有種像是蓋上棉被似的感覺。

赫蘿的臉龐就在羅倫斯的頭頂上。

亞麻色的長髮輕輕滑下，搔弄著羅倫斯的耳朵。

「汝真的有認真在思考嗎？」

「……妳發現什麼了嗎？」

羅倫斯試圖回過頭，但赫蘿輕輕加重手臂力量，不讓羅倫斯轉頭。

羅倫斯看不見赫蘿的表情，也不知道耳朵和尾巴的反應。

至於口吻，赫蘿想要裝出什麼口吻都難不倒她。

羅倫斯有些緊張了起來。

「咱沒有其他含意，就是那樣的意思。」

「……」

羅倫斯陷入了沉默。赫蘿發問時如果沉默不回答，會惹得赫蘿生氣。

但是，赫蘿的問題實在太奇怪，羅倫斯不禁覺得讓赫蘿生氣一下也無妨。

只是因為想不出答案，就被質疑沒有認真思考，這樣誰會受得了。

抱住羅倫斯頸部的手臂稍微加重了力道。

「……答案呢？」

如果赫蘿是以焦躁的口吻說道，羅倫斯還能夠鎮靜地回答。

但聽見赫蘿停頓了一下，並顯得遲疑的口吻，羅倫斯不禁感到困惑。

不過，正因為感到困惑，讓羅倫斯能夠花時間思考後，才回答說：

「有。」

「騙人。」

說著，赫蘿用下巴頂著羅倫斯的頭頂。

「不准說謊。」

「……說謊？等一下。我真的不知道妳現在在問什麼？妳怎麼會突然這麼問？」

赫蘿沒有理會思緒混亂的羅倫斯，並且一點一點地加重抱住羅倫斯頸部的手臂力量。赫蘿的手臂雖細，但如果真心要勒死人，還是能夠輕易讓羅倫斯窒息。

「汝說有在思考根本是騙人的。汝頂多是裝出有在思考的樣子罷了。」

聽見赫蘿又自顧自地說道，讓羅倫斯更是一頭霧水。

羅倫斯甚至忍不住心想「自己是不是說了惹赫蘿生氣的話？」

赫蘿不斷慢慢加重手臂的力道，最後終於停了下來。

與其說赫蘿是在勒羅倫斯的脖子，更像是從後方緊貼在羅倫斯身上的感覺。

「妳說明給我聽啊。雖然我確實沒有想出答案，但也是卯足勁在動腦筋。德堡商行的舉動明顯很詭異，這其中一定有什麼理由才對。就算我真的疏忽掉了什麼很理所當然的地方，也絕不是故意──」

「那這樣，為什麼汝老是把那家商行想成是壞人呢？」

羅倫斯保持沒說完話的嘴形不動，也沒有轉頭，只移動視線，追著根本不可能看得見身影的赫蘿。

「什、什麼？」

「咱說，為什麼汝老是把那家商行想成是壞人？」

赫蘿這般指責所帶來的衝擊，與聽到生意對象說「你頭髮沒梳好」時的衝擊一樣大。

「沒有，我並沒有認定他們就是壞人──」

「嗯。那麼，汝啊，咱們換這樣的角度來思考看看。」

赫蘿雖然打斷了羅倫斯的話語，但也放鬆了勒住羅倫斯脖子的力道。

「汝是個悠哉的商人。」

「啊？」

羅倫斯反問道，語調中也不自覺地帶有一些怒氣。

赫蘿沒有為此感到驚訝，只是露出苦笑一邊說：「咱是在比喻。」一邊拍打羅倫斯肩膀表示安撫。

「汝很有錢，也有時間。某一天汝閒逛到了這座城鎮。結果，汝發現這座城鎮充滿了無限活力。戰爭？不管詢問什麼人，大家都笑著告訴汝不可能發生戰爭。調查城鎮後，汝聽到了傲慢傢伙競相在搜購住宅的傳言。而且，汝自己一看，也發現店面以非常便宜的價格在出售。汝開始思考了起來。汝在思考不知道自己應該做什麼才能夠賺更多錢。」

說罷，赫蘿在羅倫斯頭頂上發出「嗯？」的一聲，並做出傾頭動作。

羅倫斯覺得自己好像踏上了不應該往上爬的階梯。

但是，羅倫斯不想回答也不行。

「買下店面。」

「嗯。畢竟收集情報後，汝知道店面價格肯定會上漲。」

赫蘿滿意地說，然後鬆開一邊手臂，做作地摸著羅倫斯的頭。

「那麼，汝啊。」

然後，赫蘿挪開了手，並用纖細的下巴頂著羅倫斯的頭說：

「汝為什麼不買下店面呢？」

在這瞬間，羅倫斯明白了赫蘿想表達的一切。

「而且，如果汝打算要買，應該會抱持更樂觀一些的想法唄？汝現在這樣子……」

赫蘿停頓下來時，彷彿小鳥停止振翅似地，傳來了一聲尾巴垂下的聲音。

「簡直就像專門在找碴一樣。」

看見羅倫斯拚命動腦在思考，赫蘿幫他提出了各種可能性。

羅倫斯之所以會排除掉這些可能性，是因為羅倫斯心裡抱著「德堡商行一定有所企圖才對」的想法。

就這點來說，羅倫斯的觀點確實有偏差。

可是，羅倫斯不明白為何內心還會有一股想要找藉口反駁的情緒。

德堡商行一定會採取很合理的行動，並且是以能夠為自己帶來利益為前提；羅倫斯知道這樣的看法應該沒什麼錯。這麼一來，像是方才赫蘿所說的「德堡商行是為了保護自身而召集傭兵」的說明，也沒有不合理的地方。

那羅倫斯為何還是會對這般說明抱持疑問呢？說白一點，為什麼羅倫斯沒辦法相信這個可能性呢？

既然沒辦法直接詢問德堡商行，無可避免地，每一種假設都會是建立在多種狀況下的不明確內容。在這之中幾乎是在羅倫斯的主觀下，來決定如何做出結論。

羅倫斯之所以會排除赫蘿提出的可能性，是因為有一個前提。
也就是如果真的在雷斯可開店，就必須徹底消滅疑惑，算是一種近似強迫觀念的前提。
「汝想要打消在這座城鎮擁有商店的念頭唄？」
聽到赫蘿這麼說，羅倫斯立刻在心裡否認。他心想自己怎麼可能放棄擁有商店的想法。
然而，羅倫斯覺得喉嚨好像被鉛塊壓住了似的說不出話來。
因為羅倫斯沒辦法立刻否定如果赫蘿沒有在身邊，自己或許會樂觀一些的可能性。
「果然是這樣沒錯。」
羅倫斯的沉默等於是在認同赫蘿的話語。
儘管知道會這樣，羅倫斯還是說不出話來。
不過，不可思議地，羅倫斯並沒有因此感到焦急。
羅倫斯心想，應該是赫蘿的口吻讓人不會感到焦急。
「汝平常總是很樂觀，只會往好的地方想，現在卻簡直像咱一樣，淨看一些負面的地方。不過，是汝的話語讓咱有機會察覺到這事實。怎麼說呢，要說這很符合汝的作風也是唄。」
赫蘿在羅倫斯頭頂上顯得有些愉快地嘆了口氣。
「汝告訴咱為了擁有商店，要到街上去做事前調查後，咱真的覺得城鎮看起來閃閃發光。」
在街角休息時，赫蘿確實說過這樣的話。

當時羅倫斯根本把自己要擁有商店的事情完全拋到腦後去了。

赫蘿一副受不了羅倫斯會忘記這種事情的模樣，用下巴不停頂著羅倫斯的頭。

「這裡如此充滿活力，如果是在平常，汝應該只會看到好的地方才是。然後，汝應該說『放心，這次一定能夠賺錢』，接著放手一搏。」

儘管覺得赫蘿說得有些誇大，但回想起自己一路走來的行徑後，羅倫斯也無法強烈地提出反駁。而且，就這次羅倫斯不像以往那麼積極，無疑是因為德堡商行的性質。

德堡商行是一家開發礦山的商行，赫蘿不可能會想要住在有這種商行存在的城鎮。

「汝不需要顧慮到咱。」

「沒有，可是——」

羅倫斯說到一半時，赫蘿又稍微加重手臂的力道。

「如果汝下定決心要在這座城鎮擁有商店，咱就會待在汝身旁。」

比起不允許對方表示任何意見的強勢口吻，赫蘿的下一段話更讓羅倫斯說不出話來。

「就算這裡的商行打算把約伊茲整個翻過來，或是打算把其他地方整個翻過來，咱也不會在意。基本上，如果會在意這種事情，不管汝在哪座城鎮開店都一樣唄。如果是這樣咱會老是鎮靜不下來，一旦有事情發生，就會離開商店，是唄？然後，也可能就這樣一去不回，不是嗎？」

赫蘿露出自嘲的笑容說道。

不過，赫蘿說的話是很可能發生的事情。

「一旦知情了，就會很在意。那隻胖嘟嘟的羊不是這麼說過嗎？不過，事情也不可能因為沒有去看，就不會發生。再說，現在有人陪伴咱一起活下去。這個人不是活在古老傳說裡，更不是活在刻在爪子上的愚蠢傳話裡。而是一個會呼吸、會說、會笑、會生氣的人，雖然這個人很煩人又是隻大笨驢，但會牽著咱的手認真思考未來。」

聽到赫蘿的話語後，羅倫斯忍不住握住了赫蘿的手。

啪唰一聲傳來，赫蘿並沒有發出粗啞的笑聲，而是甩動一下尾巴。

「老實說，現在想起繆里的傳話，咱還是會覺得心痛。可能的話，咱恨不得鑽進昏暗的洞穴裡待上一百年。不過……」

赫蘿更加重一些手臂的力道。

那感覺像是在強調絕對不會鬆開手，也像是不願意讓淚水奪眶而出。

「汝伸出手把咱拉了出來。汝知道咱有多開心嗎？」

雖然途中差點惹火赫蘿，但羅倫斯帶赫蘿上街果然是正確的決定。

不過，看見赫蘿如此坦率，羅倫斯甚至不安了起來。

如果發現淚水從頭上滴下來，就一定要從椅子上站起來——

羅倫斯抱著這樣的心情，重新握住赫蘿纖細的手。

「看見汝這麼重視咱，讓咱開心得不得了。但是，如果因此變成了汝的沉重負擔，咱會很痛苦。汝不是說過嗎？」

赫蘿用另一隻手捏住羅倫斯的臉頰。

而且壞心眼地豎起指甲。

「如果有想要保護的存在，就很容易被捲入悲劇。」

羅倫斯下意識地想要反駁，但很快就明白了赫蘿是故意的。

所以，羅倫斯沒有反駁，而是緩緩握住赫蘿準備用力捏臉的手。

「咱答應過汝會把與汝一起旅行的故事傳述下去。咱不想傳述悲劇。」

赫蘿輕輕捏著羅倫斯的臉頰。

「雖然咱不討厭汝行商的模樣，但也喜歡汝坐在椅子上寫字的樣子。因為汝靜靜坐在椅子上專注寫字時……嗯，也有幾分像樣。」

赫蘿以惡作劇的口吻說道，然後一副為自己說的話感到難為情的模樣笑笑。

羅倫斯這時如果回過頭，赫蘿肯定會用指甲抓向他的臉。不然就是用尖牙狠心咬下羅倫斯的喉嚨。

「所以，汝啊。」

然而，赫蘿這麼說完後，鬆開了手。

赫蘿也拔出被羅倫斯握住的手，然後挺起身子，立刻往後退了一步。

冬天的冰冷空氣立刻包圍住原本被赫蘿身子貼住的部位。

兩人只是片刻依偎在一起而已，沒想到一分開，立刻變得如此寒冷。

這是意義非常深遠的事實。

羅倫斯回頭看向後方。

赫蘿沒有伸出爪子，也沒有露出尖牙。

相對地，羅倫斯看見了顯得難為情的靦腆笑容，而這比任何東西都教羅倫斯害怕。

「汝別再找藉口說是為了咱收集情報，就表現得像個雄性去一決勝負唄。」

赫蘿叉著腰，露出牙齒補上一句：

「就算那家商行是個超級大笨驢，最後讓城鎮變得落寞，商店也都倒閉，只要再次展開兩人之旅，也可以很快樂唄？」

勇敢與無謀之間只隔了一張紙。

決定這兩者只隔了薄薄一張紙之差的關鍵，肯定就在於是否受人期待。

「嗯，說得也對。」

羅倫斯簡短回應，又接續說：

「不過，妳是要我去參加可能會輸掉一千多枚銀幣的賭局嗎？要是失敗了，妳要怎麼幫我解決麻煩？」

如果不是與赫蘿心靈相通，羅倫斯這般發言肯定會引來極大的誤解。

然而，赫蘿動也沒動一下地發出呵呵笑聲，然後這麼說：

「要是失敗了，咱就會虧欠於汝說的那什麼一千多枚銀幣。汝也會因失去一切而痛哭流涕。唔！汝可以想像一下那狀況。」

不需要聽到赫蘿這麼說，羅倫斯也能夠輕易想像出那畫面。

羅倫斯知道赫蘿一定會責備自己，然後低著頭，露出一副「咱甚至不值得被原諒」的模樣。

這時，羅倫斯會向赫蘿伸出手。

羅倫斯不禁對於這般情景感到心動，甚至到了頭痛的地步。

「呵。汝真的是一隻大笨驢吶。」

這種時候赫蘿還會露出開心表情，可見她也是一個怪胎。

不過，赫蘿說的確實沒錯。

如果成功了，就能夠擁有商店；如果失敗了，赫蘿會感到虧欠。

而且肯定是必須花一輩子時間補償羅倫斯的重大虧欠。從赫蘿一邊說：「明明是辛苦賺來的錢。」一邊打了羅倫斯鼻子一下的舉動，也能夠知道金錢對羅倫斯而言有多麼重要。

雖然羅倫斯不禁覺得自己會思考這些事情很自私，且像個毫無道德心可言的卑鄙傢伙，但赫蘿就是個會讓人思考這些事情的小惡魔，所以這也是沒辦法的事情。

而且，赫蘿經常會這麼說——

賢狼的夥伴不可以是個無聊的商人。

羅倫斯當上旅行商人不久時，只知道向前衝刺，且對利益無比敏感、有著如泉水般不斷湧出的慾望。如今這般感覺已變得疏遠，強烈慾望也被鎖在內心深處。此時，羅倫斯終於拉出內心深處的慾望，說道：

「是啊，的確是一隻大笨驢。」

赫蘿露出如少女般毫無顧慮的笑容。

羅倫斯深深吸入一口氣。

說不定從羅倫斯看見那間店面的那一刻，赫蘿已經下定了決心。

如果真是如此，見羅倫斯一直拚命往壞的方面思考德堡商行的企圖，赫蘿肯定感到很心痛。

事實上，誰也不知道羅倫斯開店會成功還是失敗。

就算德堡商行真的完全沒有要打仗的意思，也決心不再更進一步開發礦山，要是運氣不好，羅倫斯的商店也可能因為沒有客人上門而倒閉。

不過，若是真正的旅伴，就要在緊要關頭時推對方一把。

羅倫斯對著旅伴——赫蘿，語調堅定地這麼說：

「妳先幫我想好店名。」

如果要找出最會把人捧上天的傢伙，赫蘿肯定是全世界少數幾個傢伙之一。

赫蘿配合著羅倫斯笑了笑。

不過，她忽然在羅倫斯耳邊這麼說：

「不是要想小孩的名字啊？」

羅倫斯差點從椅子上摔了下來。赫蘿指著羅倫斯，毫不留情地笑了出來。因為感到難為情，加上想起在雷諾斯發生過的事件以及其他種種，羅倫斯有百分之九十九是真的生起氣來。這天晚上直到睡著前，赫蘿一直一邊咯咯笑個不停，一邊道歉，但羅倫斯堅持不肯接受。

不過，羅倫斯還是有百分之一不是真的在生氣。

所以，閉上眼睛背對著赫蘿的這段時間，羅倫斯根本沒去想就快到手的店名。

羅倫斯這段時間在想什麼不言自明。

在未來，肯定遇不到這麼好打如意算盤的事情了。

這麼想著、想著，羅倫斯不知不覺掉進了夢鄉。

第五幕

隔天，羅倫斯與傭兵們一起在中庭的水井旁洗臉時，魯華臉色鐵青、腳步搖晃地出了門。魯華似乎連續好幾天為了業務到處出席餐會。

團員們顯得驕傲地說：「團長在戰場上雖不會站到前線，但在城鎮時會為我們挺身而戰。」傭兵們大聲道別，並同時揮手，也不怕吵到四周的人們。魯華勉強挺起背脊做出回應後，引來一陣撼地震天的歡呼聲。

傭兵團所有成員的位置明確，各自盡著自己的責任與義務。

他們或許粗魯野蠻，但帶有秩序，也懂得信賴。

羅倫斯告訴自己必須改變對傭兵的認知。

「剛才那一陣沒品的長嚎聲是怎樣？」

房間裡，赫蘿盤腿坐在床上梳理著尾巴。

赫蘿那副放鬆模樣就像已經與羅倫斯一起旅行了好幾百年一樣。赫蘿應該已經吃過了早餐，嘴裡卻又叼著肉乾。羅倫斯打算沒收肉乾時，赫蘿還咬緊牙根抵抗著。

雖然赫蘿的舉動簡直就跟小孩子一樣，但面對赫蘿不顧顏面的驚人食慾，羅倫斯最後還是死了心，鬆手放開肉乾。

更重要的是，現在不是吵架的時候。
商人有一個鐵則，就是做出決定後，必須立刻採取行動。
羅倫斯做了一次深呼吸，然後用力豎直外套領子。
「嗯，準備好了。」
赫蘿似乎也梳理到了滿意的程度，最後撫順一下尾巴的毛後，站起身子。
「呵。」
然後，赫蘿這麼笑了一聲。
「怎麼了？」
「唔？」
或許幾乎是無意識地笑了出來，赫蘿摸著自己的臉確認一下後，不知怎地以有些受不了的口吻這麼說：
「咱在帕斯羅村看過汝幾次。」
這句突來的話語，讓羅倫斯不禁有些慌張失措。
赫蘿在帕斯羅村待了好幾百年，而羅倫斯也與帕斯羅村往來了很長一段時間。
這麼說來，赫蘿當然有可能看過羅倫斯好幾次。不過，羅倫斯還是感到有些不可思議。
「那，怎樣了嗎？」

「嗯。那時候的汝，看起來沒有這麼從容。」

赫蘿右手叉著腰，一副感到疲憊的模樣看著羅倫斯，這般態度簡直就像羅倫斯的姊姊。雖然羅倫斯不甘被當笨弟弟看待，但赫蘿批評當時的他缺乏從容也是無可厚非。

「汝好像不知不覺中變成了好雄性。」

因為不甘於被赫蘿取笑或愚弄，羅倫斯一路以來為了超越赫蘿而不斷努力。不過，現在羅倫斯知道自己還有很多地方不夠成熟，赫蘿的批評也大多是事實。

所以，不管赫蘿這句話是在捉弄人還是誇獎人，羅倫斯都能夠坦然接受。

只是，羅倫斯依舊不知道應該擺出什麼樣的表情。

看見這般模樣的羅倫斯，赫蘿加深笑意說：

「汝沒有懷疑咱可能是在恥笑汝，也沒有趾高氣昂。汝真的成長許多。」

赫蘿顯得開心地說道。

羅倫斯也同樣感到開心，但另一方面又有一股落寞感湧上心頭。因為赫蘿說出這樣的話語，感覺就像在道別一樣。

「呵。別露出這種表情。咱純粹只是看青色麥子一天一天成長茁壯，所以覺得很開心而已。畢竟咱已經到了不會為自身成長而開心的歲數。」

赫蘿披上長袍，再戴起兜帽藏起耳朵。

然後，站到羅倫斯面前。

「說到底，咱是為了追求自己的樂趣才離開約伊茲。到每一個地方咱都盡興喝酒跳舞，最後終於在帕斯羅村落腳。不過，其實咱早就發現了。只為了讓自己開心的樂趣，出乎意料地短暫。就這點來說，能夠與他人一起共事，可真是樂趣無窮。」

赫蘿的視線移向羅倫斯的胸口。

就算準備去買下店面，也不可能當場以現金支付所有金額，所以會先支付保證金，然後取得購買店面的權利。

或許赫蘿是隔著羅倫斯的胸口，看見了在羅倫斯心中不斷膨脹，最後終於開花結果的夢想。

曾經與赫蘿在相同時代生活的存在們，一個接著一個成為過去的存在。

事到如今就算想要做些什麼，想必也永遠只會是為了綁住過去、一場絕不可能打贏的戰役。

只要能夠透過羅倫斯參與世上的一些新事物，就足以讓赫蘿感到滿足。

「真的可以讓咱來決定店名嗎？」

所以，當赫蘿這麼提議時露出彷彿提出最任性要求的表情，羅倫斯也不會感到驚訝。被稱為黃金之羊的哈斯金斯，在溫菲爾王國創造出了他們的第二故鄉。在凱爾貝，攸葛高高掛起畫商的招牌。

儘管面帶笑容，赫蘿卻一副沒什麼自信的模樣仰望著羅倫斯。

這次赫蘿不像平常那樣，是為了諂媚而刻意抬高視線。

羅倫斯立刻這麼說：

「妳表現乖一點的話，就讓妳命名。」

然後，羅倫斯摸了一下赫蘿的頭。

赫蘿一時之間似乎沒聽懂羅倫斯的含意，也渾然不覺羅倫斯對她做了什麼的模樣，但隨著話語含意慢慢滲入腦裡後，赫蘿的表情也逐漸改變。

當赫蘿停下腳步時，羅倫斯也做好了挨揍的心理準備。

然而，赫蘿幾乎是含著淚露出笑容說：

「就這麼說定。」

羅倫斯與赫蘿像商人那樣互相握手，並完成了約定。

在那之後，兩人重新牽起手一起離開了旅館。

雖然一開始不想承認，但真的被赫蘿說中了。下定決心要買下店面後，發現走在街上時所看見的街景，與昨天之前看到的感覺截然不同。

在路上行走的每個人看起來不再是穿梭於雜沓之中的群眾之一，而是帶著目的前來雷斯可，未來可能與自己搭上關係的重要人們。

雖然德堡商行打算做什麼依舊是個謎，但既然赫蘿都說沒關係，也就無所謂了。

既然如此，在條件如此齊全的地方砸下所有財產購買店面，或許是個勝算不低的賭局。

當然了，如果想要謹慎一些，此刻應該要多觀察一下狀況，但如果想贏得漂亮，這時就該放手一搏。

羅倫斯與赫蘿手牽手走在充滿活力的街上，但只有今天，赫蘿沒有因為看見攤販而吵著要買東買西。赫蘿一副很驕傲的模樣與羅倫斯牽手走在一起，笑嘻嘻地直視前方。

羅倫斯在帕斯羅村撿到赫蘿，經過一番波折後，來到了如此偏遠的雷斯可。過去認識羅倫斯的人們如果知道這件事，一定會說羅倫斯瘋了。的確，羅倫斯或許是瘋了，但也沒有做錯選擇。

羅倫斯看向身旁的赫蘿後，赫蘿也察覺到視線而看向羅倫斯。羅倫斯對著赫蘿露出笑容後，赫蘿先是一副受不了羅倫斯的表情，跟著也回以笑容。兩人能夠這樣就足夠了。

因為到處在街上走動，所以羅倫斯已完全記住雷斯可的街道。羅倫斯毫不迷惘地來到那家待售店面所在的道路。打聽了一下後，羅倫斯得知這條道路還沒有決定取什麼路名。

雷斯可是一個具有活力、正在成長中的城鎮。

就算德堡商行有什麼企圖，搞不好也可能是為了爭奪什麼無聊的名譽，或是與名譽有關的企圖。因為已經得到財富的人，接下來會想要得到一樣的東西。

這麼一想，就覺得德堡商行會吸引諸侯到雷斯可來，或許也是為了這個目的。

藉由把擁有地位的人請來，讓雷斯可成為地位較高的城鎮後，德堡商行再以統治者身分君臨此地——

羅倫斯和魯華等人會東想西想地過度猜測，或許單純是出於職業病，而事實上德堡商行的目的或許真是如此單純。就算再怎麼有錢，也不可能在幾乎沒有任何回報下到處在雷斯可撒錢；或許德堡商行只有這個行徑讓人無法理解，其他的舉動都符合一般的邏輯。

這麼一來，羅倫斯只要順著德堡商行的想法，讓自己能夠囊括利益就好。

畢竟都已經決定要買下店面了。

既然決定了，如果不徹底樂觀地認真思考，並專注地向前衝刺，就沒辦法當一個城鎮商人。

而且，如赫蘿所說，一旦決定開店，應該也會對雷斯可產生感情才對。

既然這樣，乍看之下顯得愚蠢的理由，反而會讓人覺得更可愛。

好比說，德堡商行想要無限擴大雷斯可的規模，進而打造出一個超越過魯維克同盟的巨大經濟圈等等的理由。

羅倫斯一邊沉溺在會讓人面帶微笑的幻想之中，一邊來到出售中的店面前方。

一千兩百枚銀幣。

一旦將這麼多錢砸在這裡，就不能反悔了。

接下來只能夠心無旁騖地向前邁進，並祈禱德堡商行不要毀了一切。

相信在雷斯可投資了莫大金額的諸侯，也是抱著這樣的心情。

諸侯希望透過這次投資得到堆積如山的金幣銀幣，並非想得到一片火燒野原。既然如此，德堡商行何必打仗呢？

只要能夠得到閃閃發光的貨幣，就能夠滿足世上大部分的慾望。

對多數北方地區的諸侯來說，雖然得不到刻上自己肖像的貨幣，但如果是位於遙遠土地、根本不曾見過的國王肖像，或許就不會在意了。

而且，有別於崔尼銀幣，對於那些幾乎是因為愛面子而發行的貨幣，散居在北方地區的多數村民根本不願意收。

對諸侯而言，投資雷斯可也是為了讓自己有機會得到更好用的貨幣。

德堡商行非常工於心計，甚至到了令人難以置信的程度。

——既然如此氣勢洶洶，何不乾脆自己做貨幣就好了？

羅倫斯夾雜著苦笑這麼想著，然後嘀咕一聲：「咦？」

「唔？」

赫蘿也在身旁反問道。看見赫蘿這般反應，羅倫斯差點想反問自己是不是說了什麼。因為那感覺真的來得很突然。

在各種思緒之中，羅倫斯好像瞥見了什麼。那感覺就好像在一片喧鬧的街上，看見了佇立在遠方城鎮、對自己無比重要的某人身影。

赫蘿看向羅倫斯，以眼神詢問要不要走進商店。

不過，羅倫斯在赫蘿的目光之中，尋找著自己的思緒。記憶宛如映在水面上的畫面般不斷轉換，文字也在水面上跳來跳去。

諸侯買下建築物以獲取利益？德堡似乎為了攻打北方地區而在策畫戰爭？貨幣行情異常，銀幣兌換金幣的行情極度高漲？

回溯過去的各種不同話語，在羅倫斯腦海裡逐漸展開。

與魯華的對話或赫蘿的發言一一閃過腦海。這些話語似乎就是解開一切、解開這個巨大結構的關鍵。

然後，在回溯完一切的瞬間，羅倫斯因為看見了結論而倒抽了口氣。

「汝啊？」

赫蘿問道。

然而，羅倫斯不知道應該怎麼回應。因為羅倫斯不敢相信自己想出的結論。羅倫斯終於找到了能夠解釋雷斯可的活力、人們的自由、貨幣行情或傭兵聚集等一切狀況的關鍵。

這個關鍵的結構極其單純，也因此擁有強大的力量。用這個關鍵解開一切後，將會看見一個駭人至極的世界。

其實早就知道了所有答案。只是因為這件事情實在太過孩子氣，才會遲遲沒能想出答案來。

「汝啊，汝要沉默到什麼……」

就在赫蘿快要生起氣來的那一刻——

羅倫斯從正面抓住赫蘿的肩膀，並用力抱緊赫蘿。

人來人往之中，大多只有赫蘿會對羅倫斯做出這樣的舉動，而且一定是為了捉弄羅倫斯。羅倫斯偶爾想要出手這麼做時，就會演變成在雷諾斯小巷子發生過的那般蠢事。不過，這次並沒有變成那樣。

因為羅倫斯實在太高興了。要不是赫蘿在旁邊，羅倫斯說不定會使出全力大叫。

如果羅倫斯的想法沒錯，那麼德堡商行真的是一個怪物。

異樣的貨幣行情、沒有城牆也沒有規定的城鎮、寧願自掏腰包也要持續召集諸侯或傭兵、流傳開來的動盪謠言。

羅倫斯鬆開驚訝地瞠大雙眼的赫蘿，然後意氣揚揚地走進商店。

商店裡有一名看似負責業務的小伙子，小伙子一邊逗著小貓，一邊顧店。

小伙子對商人興奮地走進來的情況肯定早已司空見慣，但看見羅倫斯後，還是明顯表現出驚訝模樣。因為赫蘿也一臉困惑，也難怪小伙子會驚訝了。

小伙子吞吞吐吐地打著招呼時，羅倫斯走到小伙子面前，然後沉默不語地從懷裡拿出布袋，放在桌子上。

自始至終，羅倫斯一直保持著笑容。

想要遇到這種賭局，還真是不容易。

這時候絕對要賭上一把。

得知羅倫斯是把保證金放在桌上後，小伙子腦中的思緒總算串連起來，留下一句「請稍候」便飛快地衝出商店。

羅倫斯甚至沒有用目光追著小伙子離去。

羅倫斯直直注視著沒有人坐的空椅子，並欣喜若狂地不住顫抖。

羅倫斯抬起頭，看向一臉狐疑的赫蘿這麼說：

「接下來就是見證奇蹟的時刻。」

「啊？」

赫蘿發出少根筋的聲音反問道。

不過，羅倫斯當然不會取笑赫蘿。

而且，羅倫斯知道自己臉上浮現了高傲的笑容。

羅倫斯看著赫蘿，然後以彷彿在自白的口吻說：

「德堡真的會開戰。」

「什……」

「而且會把這一帶地區牽扯進來。」

羅倫斯蓋過赫蘿的聲音補上一句。

赫蘿嘴巴一張一合地試圖尋找話語，但在赫蘿為羅倫斯計算損益的思緒之中，肯定也還沒有取得平衡。

吃虧就是占便宜；商人最先必須學會這一點。

藉由引發戰爭，德堡商行能夠賺取莫大利益。

藉由德堡商行引發戰爭的舉動，羅倫斯在擁有商店之際，一定能得到金額大到嚇人的利益。這點就是投資雷斯可的諸侯來說也一樣。

在溫菲爾王國時，羅倫斯曾經遇到能夠輕易凌駕國王的巨大機構——魯維克同盟的成員。羅倫斯想起那成員說過的話。他心想，伊弗最初想必也是從魯維克同盟的成員口中聽到這個字眼。對於商業上的激烈衝突，魯維克同盟的成員取了一個名詞。

「商戰」。

並非一定要揮劍放火，才叫作戰爭。

商人坐在椅子上也能從遠地買來商品，並確實把商品送給位於世界盡頭的顧客來賺取利益。

既然如此，用同樣的原理進行戰爭，會是很困難的事嗎？

然後，德堡商行打算這麼做。

沒多久，邦茲商行的人來到了商店。邦茲商行似乎是被定位為德堡商行的分行。

邦茲商行的人知情嗎？

羅倫斯這麼想著，但又覺得邦茲商行的人肯定不知情。如果知情，擁有商人身分的人不可能有辦法保持平靜。

儘管對方為羅倫斯介紹商店並說明權利方面的相關事宜，羅倫斯卻是心不在焉。

當羅倫斯回過神時，已經回到了旅館，而且看見赫蘿在床上明顯擺出臭臉。

「妳想知道嗎？」

羅倫斯甚至從容到還會頑皮地這麼問。

赫蘿似乎也懶得再生氣了，她嘆了口氣說：

「汝的表情已經說出汝恨不得馬上說出來。」

啪唰，赫蘿的尾巴像在嘆息似地大幅度甩動一下。

「沒錯。」

「……咱的脾氣真是收斂太多了。喏！盡量說唄。」

只要赫蘿願意聽羅倫斯說話，就算面帶受不了的表情，羅倫斯也不在意。羅倫斯情緒激動地做了說明。

不過，羅倫斯說明得愈多，赫蘿的眉頭就皺得愈緊。這八成是因為羅倫斯的說明，不是說相信就能夠馬上相信的內容。德堡商行打算做的，確實不是能夠輕言相信的驚人之舉。

德堡商行回歸從商的初衷，並以這個為武器應戰。

德堡商行打算以過去從未被人統一過的北方地區為對象搏鬥一番。

想必不會有人傷亡，也肯定不會發生悲劇。

到時候大家會吃驚不已，最後發出喝采聲，並滿心喜悅。

原來世上也有這樣的作戰方式。

所以，向赫蘿做著說明時，聽到有人急急忙忙地跑過走廊前來敲門，羅倫斯也未曾慌張。

因為羅倫斯知道如果他的假設正確，差不多是時候了。

「羅倫斯先生，大事不好了。」

摩吉先生的聲音響起。

羅倫斯對著赫蘿笑笑後，走近房門打開來。

摩吉出現在門後，臉上露出像是前來告知敵人已來襲似的表情。

「喔！羅倫斯先生，大事不好了。部下剛剛告訴我廣場上立了一張立牌。上面的內容是──」

羅倫斯點點頭說：

「我知道內容是什麼。」

摩吉瞬間不停眨著眼睛，然後反問說：

「您已經看過了嗎？」

羅倫斯搖了搖頭。「那到底是怎麼回事呢？」摩吉反問道。羅倫斯絲毫不覺得自己的猜測錯誤，並挺起胸膛這麼說：

「立牌上面寫著要發行新貨幣。對嗎？」

摩吉瞬間啞口無言，然後說：「正是如此。」

摩吉以眼神問道：您是怎麼知道的呢？

昨天大家在交談時，羅倫斯確實也不知道這件事。儘管如此，羅倫斯還是帶著所有現金，前去買下一生想必只會有一次、金額絕對不算便宜的商店。下了如此決心後，羅倫斯才看清了一些事實。

有些事情光是用腦袋去想不會知道答案。

像是與赫蘿的關係也是如此。

羅倫斯輕輕拉正外套衣領說：

「因為德堡商行是商人的集團，而我也是個商人。」

哪怕被赫蘿取笑，羅倫斯還是擺出了能夠獨當一面的商人嘴臉。

城鎮引起一陣大騷動。

而第一個有反應的，當然就是商人。

自古以來，有力人士們可說一定都會發行貨幣，並讓貨幣在自己的勢力圈內流通。這樣的舉動不僅能夠證明自己是該土地的支配者，更重要的是，透過發行貨幣能夠獲得鑄幣稅。

所謂貨幣，通常都會以高於其本身金屬價值的價值在市面上流通，所以其差額有多少，發行貨幣的人就能夠獲得多少利益。

那麼，德堡商行就是為了得到這個利益而發行貨幣嗎？事情並沒有這麼單純。德堡商行做了周全的準備，也到處撒下誘餌。最後，成群魚兒被引來，並吃下滿肚子的誘餌。崔尼銀幣是普羅尼亞以南地區最常被使用的銀幣，過去肯定不曾像現在這樣在北方地區到處流通。

然而，就算諸侯和貴族們察覺有不勞而獲的賺錢機會而帶進大量銀幣，其數量肯定也有限，來源總有一天將會枯竭。

一般來說，一旦貨幣短缺的日子到來，交易就會跟著停擺，東西也變得賣不出去。

所以，赫蘿才會抱著極其理所當然的想法，提出德堡商行是否在鑄造貨幣的疑問。理應短缺的東西卻沒有短缺，表示一定有人在供給，如果是持有豐富礦藏的商行，腦中一定會浮現鑄造貨幣的想法吧。

不過，崔尼銀幣表面刻有崔尼國王的肖像，是深具淵源的銀幣。如果新鑄造出崔尼銀幣，馬上就會被發現是偽造品。無論是銀幣還是其他貨幣，只要是使用了好一段時間的貨幣，一眼就能夠看出來。如果是聲名遠播的貨幣，只要有新鑄造的貨幣流通，消息馬上就會傳開。

那麼，如果發行全新種類的貨幣呢？

那就不會有任何問題了。而且，德堡商行能夠自己生產成為貨幣原料的銀，或是銅。

隨著公布新貨幣發行，雷斯可整個城鎮像舉辦祭典一樣鬧鬧熱熱。

最先感到喜悅的，是與羅倫斯一樣察覺到德堡商行有所企圖的人們，接著是住在雷斯可的居民們。

公告立牌上這麼寫著：

德堡商行已在取得下列多位諸侯之認可下，依下列比重發行貨幣。

其中包括銀幣與銅幣，比重分別為……

立牌上標示著前所未有的高純度。一般來說，多數商人都會認為貨幣發行者不可能一直維持這樣的純度，而以純度會降低為前提來進行交易，但德堡商行擁有銀或銅如泉水般湧出的礦山，富可敵國的事實眾所皆知。

德堡商行想必能夠一直維持這般純度。

另外，立牌上也標出了更重要的內容，那就是與其他貨幣的兌換行情。未來兩年內，德堡商行保證以一定比率兌換崔尼銀幣與新銀幣。

為了讓這句話具有威力，德堡商行不拘形式地就是自掏腰包，也要讓崔尼銀幣大量集中到雷斯可，並活化經濟，進而一路供給崔尼銀幣給來到雷斯可販賣物品的北方地區人民。

崔尼銀幣流入雷斯可後，過去流通於雷斯可的劣質貨幣變得不再好用。比起收下就發行者是誰都搞不清楚的貨幣，任誰都會更想要收下可靠又價值安定的貨幣。

雖然劣幣驅逐良幣的狀況並不少見，但相反的狀況亦可成立。

這代表著在十多種劣質貨幣流通的北方地區，即將確立出連三歲小孩也能夠立刻明白的單純貨幣制度。

過去，人們會對於自己收下的貨幣價值感到不安，因此對這些人來說，這無疑是上天賜予的恩惠。

德堡商行先利用崔尼銀幣讓貨幣交易單純化，接著再讓自己發行的貨幣與崔尼銀幣的價值產生連結。

這麼一來，就不需要去到各個城鎮張貼公告，也不需要一個一個詢問各地領主，就能夠輕易地讓使用貨幣從崔尼銀幣轉為新貨幣。

到目前為止的發展內容，就是只會帶著自家產品到城鎮來賣的農夫們也想得到。

讓羅倫斯或其他商人們感嘆不已的是，更後面的發展內容。

不知道怎麼回事，德堡商行總是與動盪謠言扯上關係。

事實上，德堡商行確實召集了諸侯和傭兵們，而這樣的舉動也不可能只是為了搬運銀幣。

然而，詢問魯華後，魯華表示德堡商行一直拖拖拉拉地沒有要開始打仗的動靜，只是一直在浪費時間。魯華他們的焦慮與不安也愈來愈強烈。

他們拚命地猜測德堡商行的企圖，甚至向羅倫斯這般市井商人求智慧。

然後，這肯定正是德堡商行的目的。

德堡商行總是與動盪謠言扯上關係，在擁有龐大資金量的同時，也召集武力。這麼一來，每個人都認為德堡商行肯定會引發戰爭。大家會認為德堡商行是一家擁有礦山、並經營礦山的商行，所以肯定會為了得到北方地區的新礦脈而發起戰爭。

然而，說到德堡商行具體上要攻打哪些地方，卻完全得不到情報。

對於住在北方地區的居民，尤其是實際統治土地的人來說，這肯定是會讓人晚上睡不著覺的狀況。北方這塊被高山或山谷隔開的土地，是由居住已久的有力人士擁有，並且各自掌控少許的領土。

這些有力人士有兩種選擇。

一種是北方地區聯合起來對抗德堡商行，另一種是選擇站在德堡商行這邊。

於是，諸侯紛紛向德堡商行提出和議。德堡商行肯定準備了寬大得嚇人的提案。這個話題愈傳愈廣後，各地的有力人士會與德堡商行站在同一陣線，德堡商行有所企圖的謠言也會變得有說服力。

如果不與德堡商行結盟，局勢一旦變得緊張，誰知道會有什麼下場？

更何況大家接二連三地聚集到雷斯可，甚至傭兵也來參一腳，根本無法對德堡商行出手——大部分的有力人士一定會這麼想吧。

而且，民眾都把雷斯可當成世外桃源般歌功頌德。雷斯可接二連三地建蓋建築物，人口也愈增加愈多。

只要是眼力好一點的人，都會有想要在雷斯可做投資的想法。

而且，照魯華所說，實際上諸侯確實在雷斯可競相投資。

諸侯肯定會砸下重本。他們應該就像羅倫斯一樣，買下了建築物做投資。那麼，在雷斯可做了投資的人，有可能採取會降低雷斯可價值的行動嗎？當然不可能。

貨幣是權力象徵，諸侯當中或許也有人對於德堡商行發行新貨幣的事實感到不是滋味，但問題是究竟會有多少人這麼想？如果自己的領土能夠保持安泰，又能夠大撈一筆，當然就不會那麼固執了。

畢竟德堡商行所策畫的戰爭，是如何讓自家發行的貨幣不斷擴展、流通各個區域的戰爭。

發行愈多貨幣，就能夠獲得愈多鑄幣稅。而沒有人願意使用的貨幣，就算發行再多，也沒有意義。為了賺取利益，當然要設法讓多數人使用貨幣比較好。從這樣的觀點來說，德堡商行的計畫相當完美。

羅倫斯在雷諾斯兌換時，兌換了十四種貨幣。在貨幣種類如此繁多的城鎮，大家肯定會迫切渴望出現一種強力且數量豐富的貨幣。

所以，貨幣才得以流通各地。

羅倫斯之所以會把德堡商行企圖做出的舉動形容成戰爭，是因為流通各地的貨幣能夠達成與士兵相同的任務。

為了守護城鎮，德堡商行刻意不建蓋城牆並達成了其目的，接下來德堡商行正準備邁入一個新世界。

商人們正是嗅出了德堡商行的企圖。

德堡商行的立牌上，標出一長串在北方地區比較具有勢力的諸侯名字，並寫著已取得這些諸侯的認可。這內容可直接解讀成諸侯認同新貨幣在其領地流通。

一旦演變成這般事態，其他諸侯們將難以反抗。

當周遭人們開始使用良質貨幣，並在巨大經濟圈裡生活之下，自己卻在圈外生活會造成莫大的損失。到時候會買不到想要的東西，也賣不出想賣的東西。

這般狀況就跟城牆四周被士兵重重包圍，而斷了軍糧的狀況幾乎沒兩樣。

而且，如果使用德堡商行發行的貨幣，並加入該貨幣流通區域，意味著土地持有人已不再是該地區真正的支配者。

就算是再有力量的有力人士，如果沒有錢也難以展現其權勢。要是知道山的另一頭發展得很好，領民們有可能會搬移到山的另一頭。這時如果以武力制止，就會落得與周邊地區引發紛爭的下場。而且，紛爭對象會是與德堡商行保有關係的人，而德堡商行又靠著金錢與其他多數有力人士保有關係。

在這種狀況下，怎能夠引發戰爭？

在過去，國王們也曾經計畫過類似的手法。這時國王們會採用姻親結盟的方法。

不過，有別於貨幣，人是善變的。政略結婚之中，有不少例子不僅失敗，最後還演變成腥風血雨的戰爭。就這層涵義來說，北方地區的有力人士分散在各地這一點，也非常符合德堡商行的計畫。

北方地區的地形太過險峻，就算一身武裝跨在馬背上的人們，想要聯手作戰也難。即使想要政略結婚，也難以抬花轎爬過山頭。

然而，如果以貨幣為媒介，無論陡峭高山、幽深森林或每年會發生的積雪，都幾乎不會造成影響。北方地區是利用貨幣來連接的最佳場所。

過去魯維克同盟曾經運用旗下的軍艦，擊破一直干擾貿易的國王軍隊。當時商人們為了新時代的降臨而高聲喝采，但這般做法已是古老時代的戰爭方式。

德堡商行利用讓諸侯們使用貨幣來束縛諸侯們的經濟行動，並且透過發行貨幣以獲取莫大的利益。

這與派兵攻進諸侯們的領地，進而奪取財富來賺錢的粗魯做法完全不同。

而且，全世界的人們都渴望交由擅於經營的商人來管理貨幣流通，而非交由滿腦子只知道行使權力的無能領主們。如果是領主，饑荒時為了取得糧食，只能夠奪取他國領土，但如果換成商人，就能夠靠錢來解決事情。由商人來管理的話，不但稅金低、生意好做，也沒有多餘的權威。

國王花錢養的宮廷御用商人也會傳授這般智慧給國王，但國王願不願意採用就不得而知了。愚蠢的國王即使沒有採用這般智慧，還是能夠存活下來，但愚蠢的商行就無法存活下來。這對民眾而言，將構成值得信賴的強力證據。

德堡商行成為史上第一家沒有使用武器，就做出與國王相同的事情，並站在與國王相同立場的商行。

「時代變了！」

聽完羅倫斯的說明後，魯華一邊高舉倒入葡萄酒的酒杯，一邊這麼大喊。

魯華會大喊出來，或許是因為感到有些落寞也說不定。

看見魯華・繆里的態度就像與赫蘿活在相同時代的人，讓羅倫斯不禁有了這般想法。

「雖然無論在哪個時代，金錢都擁有強大的力量，但不會因為金錢而決定一切。不過，這次德堡商行只靠著金錢就達成了一切。我們明明連劍都沒揮到半次，諸侯們卻全都低頭屈服了！」

「我真的從來沒聽說過這種事。」

變得虛脫無力且失去霸氣的摩吉，夾雜著嘆息聲這麼說。

「很多同伴就是因為這樣才會淚流滿面。我們失去了很多存在意義。原來我們只是人家花錢請來的紙老虎而已。儘管如此，要是能夠賺到這麼多錢……」

說著，魯華憤怒地用力拍打書桌上的錢袋，恨不得就這麼一舉敲破。

「還有哪個傢伙敢抱怨！」

雷斯可的廣場上豎起立牌，並引起大騷動後，魯華一回到旅館便立刻被德堡商行的使者叫了出去。黃昏前回到旅館時，魯華臉上浮現非常複雜的表情。

甚至沒有任何團員敢向魯華搭腔。

魯華拿到了錢。

然而，那不是打仗後的酬勞，而是在不知情下當了紙老虎的酬勞。

傭兵們深愛自己的團旗，也願意為團旗賭上性命。身為從軍祭司的年輕銀飾品工藝師──弗蘭當初究竟為何尋找天使，也還是記憶猶新。

對傭兵們而言，團員是工作夥伴也是家人，更是能夠一起走向地獄盡頭的同伴。如此重要的存在只是被利用為施加於周遭的抑制力，就能夠賺到比賭上性命時更多的錢。

這是值得高興的事情嗎？

德堡商行徹底改變了使用長劍與盾牌的古老戰爭方法。如果必須以金錢雇來騎士和傭兵，再看雇用的人數多寡就能夠大致決定勝負，倒不如放棄這麼麻煩的事情，只要靠金錢應該就能夠解決問題才對；德堡商行實現了這般孩子氣的單純想法。

的確，多數人會因為不打仗而開心。但是，既然有所變化，相對地也一定會有停滯不前的人們。儘管自己的存在意義逐漸消失，赫蘿還是不吝於照料帕斯羅村的麥田。儘管心中感到落寞、痛苦，也不知道哭了多少次，卻還是落得那般下場。團員當中也有好幾人感到掃興。這時，魯華以符合能幹指揮官的作風，讓這些人沉溺在大量酒精之中好矇蔽他們的眼睛。

不過，是否留在雷斯可，肯定會成為決定繆里傭兵團未來的重大分歧點。

「應該是我跟摩吉兩人一直沒有直視問題。」

魯華帶著自嘲意味說道。

「幸好遇到了羅倫斯先生，不然我們從來不會想過金錢的威力有這麼驚人。」

羅倫斯探出頭望著杯中的透明葡萄酒，並在臉上浮現淡淡笑意。

半年前，羅倫斯還只能夠喝著因為太難喝而加入一大堆生薑或石灰掩飾味道、變得濃稠的葡萄酒。

想到這樣的過去，羅倫斯不禁為自己現在的立場感到相當不可思議。不過，羅倫斯知道自己的想法與喝的葡萄酒一樣，也改變了很多。

「對於金錢，一直以來我也是有自己的觀點。不過，一路旅行下來遇到了很多人，他們讓我明白自己對於金錢的了解還太膚淺。」

諾兒菈和伊弗都為了金錢賭上了性命，但其性質與意義完全不同。寇爾和艾莉莎讓羅倫斯學習到無論哪一種人，都不可能不與金錢扯上關係。

還有，赫蘿讓羅倫斯學會了花錢。

現在回想起來，羅倫斯不禁覺得如果只有他一人，肯定永遠也買不成商店。說不定羅倫斯會吝嗇地不肯鬆開荷包繩子，然後抱著緊緊綁住的荷包病倒在某處或橫死路頭。

羅倫斯並非僅憑一己之力察覺德堡商行的計畫。

「不過，我作夢也沒想過德堡商行能夠實現這種計畫。雖然我連赫蘿都遇到了。」

雖說是賢狼，但對所有事情也不能盡皆瞭若指掌，儘管在理論上明白事實，還是會有無法接受的地方。赫蘿與魯華一樣表現出有些跟不上這次事件腳步的態度，一直板著臉在喝葡萄酒。

不過，赫蘿似乎明白魯華等傭兵的境遇與其相似。當魯華一邊說：「敬美好的古老時代！」一邊高舉酒杯時，赫蘿儘管露出苦笑，但也舉高了酒杯。

「不過，這或許是時代的趨勢吧。」

摩吉正是帶著長劍，從榮耀的過去走到現在的人。就是在魯華略顯狹窄的執勤室裡，也感覺得出來摩吉變得更加渺小地縮起身子，然後看似無意地說道：

「我年輕的時候，會前往新土地的，就只有領主和領主請來當騎士的貴族。後來不知不覺中貴族不再當騎士，國王也不再踏出城堡。人們花錢雇用我們傭兵的頻率和次數增多，雇主也從各地國王變成了在大都市嶄露頭角的多金貴族或大商人。您知道現今是誰最先站上海洋遙遠另一端的新天地嗎？」

摩吉看向羅倫斯。

羅倫斯感到有些不自在，但也不得不回答。

「是商人吧。」

事實上，羅倫斯曾經閱讀過的世界漫遊記，也是出自商人之手。

為了建造船隻、募集優秀船員出海，必須有一筆資金，而投資出去的資金也必須回收回來。如此重大的任務不可能交給行事草率的傢伙去負責。商人無論在任何地方或在任何狀況下，隨時都愛計算損益，如果沒有交給精明到有些病態的商人去負責，就不可能完成得了任務。

而且，商人恐怕是好奇心最旺盛的一群人，他們相信沒有人的地方才能夠挖出龐大利益。

如果要問這世上什麼人到最後還不會忘記冒險心，答案肯定是商人。

「不要挑雇主，但也不要被錢挑去。這句話是我父親留下來的少數訓話之一。」

「現在正好相反。要是挑金額，很快就會經營不下去。」

聽到摩吉的話語後，魯華點了點頭。

畢竟是談論這種話題，所以在這個場合上沒有看見兩名年輕幹部候選人的身影。

「不知道羅倫斯先生知不知情，現在傭兵業也競爭得相當激烈。這時代平常從事鍛造工作、全身肌肉發達的工匠們會自己鍛造武器，然後帶著他們比誰都懂得操控的武器出外當傭兵賺錢。也就是『自由長槍』最初成立時的那群傢伙。他們比我們還不挑雇主。他們滿腦子只想賺錢，並非為了團旗的傳統或威信而戰。」

魯華瞇起眼睛，一副感到疲憊的模樣笑笑。

羅倫斯並非與魯華等人一樣，屬於因時代變化而被留在原地的一群。

羅倫斯找不到話語附和。

於是，羅倫斯改變話題說：

「對了，現在雷斯可發生戰爭的可能性暫時沒有了，你打算前往約伊茲……我是說托爾金地區嗎？」

照當初的預定行程，魯華等人是打算在約伊茲布陣，如果這個預定行程取消，羅倫斯就必須另外請人帶路，才能夠帶著赫蘿前往約伊茲。羅倫斯目前還沒完成在雷斯可購買商店的程序，而賣方也不可能期望羅倫斯會一次付清。

因此羅倫斯必須再走一趟行商路線把應收款項收回來，然後把幾條銷售路徑委託或讓給公會的人。

「喔，這個嘛……本來我們是打算跟著勝利之馬凱旋而歸……哪知道那匹馬好像不是我們認識的馬。如果留下來，肯定會有工作吧。不過，對我們來說，留下來的意義已經完全改變了。所以，我打算南下去找看看有沒有古老時代的殘渣。」

或許是喝了酒，魯華顯得感傷。

這時，歷經歲月的摩吉冷靜地補充：

「先確認清楚這次的變化是時代大趨勢呢，還是只發生在雷斯可的奇蹟之後，再決定停業也不遲。」

摩吉也點出了很重要的事情。

「不過，我們打算在途中先順道回故鄉一趟。因為賺了錢，所以團員當中有的家人在期待團員拿錢回去。」

「那麼，方便讓我們搭便車嗎？」

聽到羅倫斯的詢問後，魯華露出複雜的表情。

當羅倫斯察覺到那是感到困惑的表情時，也被赫蘿用手肘頂了一下側腰。

「如果我們敢找理由說不能讓兩位一起去，怎麼對得起祖先？」

魯華板起臉孔，以極其嚴肅的口吻說道。

赫蘿經常一下子哭、一下子笑、一下子沮喪又一下子生氣，與每天這麼忙碌的赫蘿一起生活，使得羅倫斯總容易忘記赫蘿是被尊稱為神明或精靈的存在。對繆里傭兵團而言，赫蘿可說是創設神話的核心存在，如此重要的存在打算回故鄉，而繆里傭兵團卻不能參與這般大業的話，將動搖其根本。

看見羅倫斯低頭道歉，赫蘿在旁嘆了口氣。

「我想應該會在四天或五天後出發吧。這幾天先觀察一下狀況，要是有什麼大變動，就不一定了……」

說著，魯華打開木窗看向屋外。

即使天色已暗，今天街上也不會安靜下來，反而隨著夜色加深，騷動愈演愈烈。

今晚似乎也放寬了燈火管制，到處可見火把熊熊燃燒。

彷彿下一刻就快下起雪來的寒天裡，人們把桌椅拉到屋外開心喝酒跳舞。

湊熱鬧的群眾，想必多半並未理解德堡商行發行新貨幣的意義。不過，他們也有他們開心的理由。一個城鎮獨自發行貨幣，代表著該城鎮在地區之中處於不平凡的地位。說穿了，就是自己居住的城鎮出頭天了。

這些人抱持著不安與期望隨著船隻搖來晃去，然後走過四周空無一物的北方大平原來到雷斯可。對他們而言，這肯定是一場等待已久的嘉年華。

「不過，應該也不會有更大的變動了吧。德堡商行應該就像在把兔子趕進陷阱裡面一樣，照著計畫進行了一切。只要那陷阱不會通到什麼驚人的地方，就不會有變動才對。畢竟只是用來抓兔子的陷阱。」

魯華有些像在鬧彆扭似地說道，然後喝下酒。魯華或許是在羨慕根本沒有發現獵兔行動的那些人，才會表現出這般態度。

嚴格說起來，羅倫斯是活在被人羨慕的世界。

羅倫斯原本抱著打算與德堡商行敵對的心情來到雷斯可，發現德堡商行達成了豐功偉業後，卻變得因為同是商人而感到驕傲。羅倫斯不禁自嘲人類真是善變的動物。

不過，德堡商行的所為確實值得驕傲。

此刻德堡商行的總部肯定也熱鬧不已。

「不過，光是能夠親眼看見時代邁入新里程，也就不要計較那麼多好了。畢竟我們是傭兵，而且一路從歷史的狹縫中鑽了過來。」

魯華帶著自嘲意味說道，包括摩吉的在場所有部下也都舉杯喝了酒。

「而且，好像不是只有我們有這樣的想法。」

魯華再次看向窗外下方。

「那是李波納多他們團的小伙子吧。」

「哈哈！他們隊長也是一個愛喝酒的老骨頭！」

不知道對方純粹是因為愛熱鬧，還是因為碰到時代的轉捩點，而忍不住想要喝酒。

不久後傳來敲門聲，門後出現了前來呼喚魯華的跑腿小伙子。

「這時候也不能拒絕對方。你們留下來的人自己好好享樂吧。」

說罷，魯華留下一句「也給樓下那些傢伙大吃大喝一頓吧」，然後從德堡商行帶回來的金袋裡豪邁地抓了一把金幣交給摩吉。

雖然羅倫斯在凱爾貝那場騷動時曾看過大量的盧米歐尼金幣，但第一次看見有人如此草率地使用金幣。

羅倫斯深刻體會到魯華他們是傭兵，而自己是商人的事實。

「那麼，我走了。」

雖然魯華一副感到疲憊的模樣套上外套離去，臉上卻也浮現顯得開心的表情。魯華比羅倫斯還要年輕，在被德堡商行擺了一道後，要魯華一本正經地說自己不會不甘心，似乎太為難血氣方剛的他了。

「那麼，我就聽從命令下去請那些傢伙吃喝一頓好了……兩位有什麼計畫嗎？」

摩吉數了數魯華隨便抓一把給他的金幣後，先把過半的金幣放回袋子，才站起身子說道。

從摩吉的口吻中，羅倫斯知道自己不需要勉強應酬也沒關係。

「我們還是回房間去好了。大家熱熱鬧鬧的，我們兩人如果混在裡面一定會很突兀。」

「呵呵。聰明的決定。喝酒應該要在更安靜的地方，慢慢品嚐才對。那些傢伙給他們喝泥漿就夠了。這些金幣果然還是太多了。」

摩吉放回更多金幣，然後一邊晃動肩膀，一邊笑著說道。

在二樓也聽得見樓下的喧鬧聲。

很容易就能夠猜想到樓下那些人用什麼方式在喝酒。

「而且，我也已經付了商店的保證金，正為了資金調度的問題在頭痛，我可不想喝醉酒第二天頭更痛。」

聽到羅倫斯這麼說，摩吉有些驚訝地睜大眼睛。

「啊，該不會是真的吧？」

「是的。我已經豁出去了。」

「……哈哈！恭喜恭喜，這可是男人一生一次的大生意。」

摩吉拍打著額頭說道，那動作與魯華一模一樣。羅倫斯心想，這原本肯定是摩吉的習慣動作吧。聽說夫妻如果一起生活，也會變成像摩吉和魯華這樣。

羅倫斯一邊想著這些事情，一邊瞥了赫蘿一眼。

赫蘿傾著頭露出充滿疑問的表情，但羅倫斯當然只是輕輕笑笑，什麼話也沒說。

「真是可喜可賀。沒想到您真的會買下來。而且，還是在最佳時刻。」

雷斯可陷入一片大騷動。城鎮像辦祭典一樣熱鬧時，所有物品的價格都會上漲。羅倫斯如果沒有在那瞬間支付保證金，那棟建築物肯定不是被人買走，就是被抬高價格。

「是的，真是要感謝神明。」

聽到羅倫斯的話語後，摩吉有些吃驚的模樣看了看羅倫斯又看了看赫蘿。摩吉肯定在想「可以在赫蘿面前說這種話嗎？」

不過，赫蘿當然也沒有表現出在意的樣子。

從赫蘿的態度，想必摩吉對於羅倫斯與赫蘿一路怎麼旅行過來，已經多少有些了解了吧。

「世上會發生什麼事情，真的是誰也不知道。祝兩位有個美好夜晚。」

說著，摩吉帶著部下們離開了房間。

「我們也回房間吧。」

羅倫斯目送摩吉等人離去後，再回頭看向房間時，看見赫蘿正貪心地倒著甕子裡剩下的酒。

「房間裡不是也有酒嗎？」

「大笨驢。怎麼可能讓這麼好的酒剩下來。」

雖然放在兩人房間裡的酒也是上等葡萄酒，但魯華招待的葡萄酒可是極品。

可能是看見摩吉和魯華等人已離開房間，小伙子隨後走進房間準備收拾。

不過，發現赫蘿與羅倫斯還留在房間裡後，不知道該不該進房間的小伙子在門口躊躇。

「妳看！打擾到人家打掃了。走了。」

羅倫斯給了小伙子小費，然後拉著赫蘿的手走出房間。

赫蘿端著倒滿葡萄酒的酒杯，心不甘情不願地跟著羅倫斯走出房間，但腳步還是相當沉重。

「怎樣？妳不想回房間啊？」

外頭是開朗的熱鬧祭典氣氛。

說來說去，賢狼大人也遇到了不少煩心事，此刻或許不是能夠蓋起耳朵睡覺的時候。

「……咱不是這個意思。」

然而，赫蘿卻這麼說。

羅倫斯心想「妳明明就是這個意思」，下一刻不禁發出「啊」的一聲。

「妳在擔心錢的事情啊？」

聽到羅倫斯的話語後，赫蘿別開著視線，但兜帽底下的耳朵抖了一下。

雖然瞧外頭的熱鬧程度，極品佳釀肯定是滿天飛，但也沒必要貪心地要別人的酒來喝。

赫蘿應該知道比起花力氣去拔酒栓，不如向羅倫斯撒嬌，還能夠更輕易地鬆開荷包繩子。

儘管知道，赫蘿卻沒有這麼做。這表示赫蘿當真在意羅倫斯抱著半開玩笑心態說正在頭痛資金調度的問題。

「還不至於沒有錢讓妳喝好喝的酒。」

羅倫斯從赫蘿手中拿走酒杯。

看見灑了一些酒出來，羅倫斯喝了一口說：「真浪費。」

然而，赫蘿沒有做出要搶回酒杯的舉動。

「真的嗎？」

赫蘿這麼詢問的同時，尾巴也在長袍底下不停甩動著。

羅倫斯這時如果點頭，就必須答應赫蘿提出的任何要求。

儘管如此，喝了一大口赫蘿倒滿的極品葡萄酒後，羅倫斯打了一聲嗝，同時這麼說：

「盡量喝——」

然後，最後的話語被赫蘿用手擋住了。

「不能因為現在有錢就掉以輕心，這樣以後會很頭痛。」

羅倫斯經常對赫蘿說這句話。

「最近汝缺乏節約精神。是不是太鬆懈了哪？」

羅倫斯心想「被擺了一道」時，赫蘿一副開心模樣從羅倫斯手中搶回酒杯，然後一邊喝酒，一邊輕快地走了出去。

「不過……」

赫蘿忽然停下腳步，轉過身看向羅倫斯。

羅倫斯看見了讓人恨不得用兩手抓住，然後用力揉成一團的傲慢表情。

「既然汝都這麼說了，就勉強答應汝到外面喝唄。」

羅倫斯每向前走一步，赫蘿就愈調皮地抬高視線。

等到羅倫斯來到能夠牽起手的距離時，赫蘿的模樣就像一個正在挨罵卻拚命忍著笑、惡名昭彰的惡作劇女孩。

「別喝太多喔？」

聽到羅倫斯的話語後，赫蘿也是一副根本沒在聽的模樣，保持笑容地回答一聲：「嗯。」

這天晚上，整座城鎮彷彿都化為了廣場，處處可見人們在販賣酒和料理。

羅倫斯兩人原本打算去廣場，但因為人潮實在太多，所以在途中放棄了。最後，兩人在路旁找了一家香草店，在屋簷下臨時擺設的桌椅落腳。雷斯可沒有囉哩囉嗦的公會，一發現有利可圖，連香草店也能夠變身成小酒吧。

不過，只有羅倫斯安靜坐下來；赫蘿從羅倫斯手中接過銀幣後，就像個小孩子一樣緊握銀幣往攤販跑去。

然後，才看見赫蘿兩手捧著一大堆料理回來，但她放下料理後又立刻跑了出去。

赫蘿反覆跑四次後，原本一邊看著店外熱鬧模樣，一邊喝著酒的香草店老闆瞪大了眼睛。

「呵呵呵。」

現在就是叮嚀赫蘿不要吃太多，似乎也太蠢了。

這麼想著的羅倫斯露出受不了的表情，望著赫蘿又吃又喝的模樣。

羅倫斯最近確實缺乏節約，但他知道自己心中的優先順序正在改變。

金錢就是一切——

回想起這般慾望，羅倫斯覺得就像大前年的盛夏記憶般閃閃耀眼，但完全想不起當時有多麼炙熱。然後，這代表著此刻這種近似輕微麻痺感的幸福感覺，不久後也會被埋沒在記憶之中。

在雷斯可開店並且經營得順利的話，或許幾年後或是幾十年後，羅倫斯也會隔著桌子，看見赫蘿做出同樣舉動的光景。

羅倫斯沒有信心到時候還能夠記起此刻的心情。

不過，羅倫斯相信自己一定會感到幸福。

羅倫斯已經過了一心只想成為大人物的時期，也開始感覺到自己人生中的太陽已經爬到了最高點。所以，羅倫斯一直很希望在行商的日子裡，能夠擁有一個歸處隨時準備迎接日落。

現在羅倫斯真的擁有了，而且還多出了令人喜出望外的贈品。

如果有機會遇到剛當上徒弟、過得最辛苦的自己，羅倫斯想要對自己這麼說：

你現在的辛勞一定能夠得到回報。

羅倫斯想著這些事情，然後獨自笑了出來。

「汝自顧自地在笑什麼？」

赫蘿連同雞軟骨咬碎、並吞下帶骨雞肉後，開口問道。

「因為很幸福啊。當然會想笑了。」

羅倫斯直視著赫蘿，然後輕笑著說道。羅倫斯沒有感到害臊，也沒有顯得難為情，而是很自然地說了出來。赫蘿原本一副想要潑他冷水的模樣，但似乎被羅倫斯的沉穩態度嚇傻了。

「咱就說汝是個大笨驢唄，這種事情也能夠厚臉皮地說出來。」

赫蘿口中頂多說出這般沒什麼殺傷力的話語。

「當初聽到妳說什麼想要回約伊茲，然後決定帶妳一起行動的時候，我想也沒想過事情會變成現在這樣。」

赫蘿吃得整張盤子掉滿肉片，羅倫斯抓起一塊雞皮烤得酥脆的肉片。

送進嘴裡後，油脂的鮮美味道立刻在口中擴散開來。

「到現在我都還想不出來是在哪裡聽到約伊茲這個地名。搞不好也可能是我記錯了。」
赫蘿聽得出人類是否在說謊。
所以，也難怪赫蘿會吸入一大口氣挺直背脊。
「不過，終於抵達目的地了。」
「還沒有抵達。」
雖然赫蘿立刻更正說道，但感覺不出霸氣。明顯看得出赫蘿只是為了反駁而反駁。
「也是啦，確實是還沒有抵達。算了，這不重要。」
羅倫斯舔了舔手指頭，再用麵包屑擦手後，抓起掉落在桌上的豆子。雖不知道是什麼人種植的豆子，但這豆子從土裡長出來，經過收割、運送到城鎮、去殼、煎炒，最後裝上盤。這段過程有多數商人參與，而羅倫斯明明不認識其中任何一人，豆子卻變成一道料理送到他面前來。
與豆子有關的所有流程有一個共通點是貨幣，這也是人們想要賺錢的健全動機，在這之中神明的恩惠僅僅占了一小區塊而已。
與赫蘿相遇後，羅倫斯一路以來都是在健全的自我慾望與現實之間妥協過活。一開始會因為沒能夠順利妥協而失敗，或與赫蘿吵架。
不過，不知不覺中會發現總有辦法解決問題。
只要細看每一道過程，會發現沒有一道過程太奇異。就算是再怎麼離奇的生意伎倆，也可能是由極其理所當然的小過程一道一道地堆積而成。

話雖如此，看見赫蘿在自己眼前露出感到懷疑，又顯得悲傷的表情，還是讓羅倫斯覺得是一件非常不可思議的事情。

只要伸手一碰，赫蘿可能就會像幻覺一樣消失不見。

羅倫斯已經度過了抱著這般心情、戰戰兢兢地伸手觸碰赫蘿的時期。前陣子羅倫斯因為態度過於強勢，而遭到慘痛反擊，但現在，羅倫斯表現得像個獨當一面的城鎮商人一樣，穩穩坐在椅子上，然後保持一手倚著桌子的姿勢緩緩開口：

「我們來聊聊抵達約伊茲後的計畫吧。」

兩人好幾次都提及這話題，並一直避開這話題，但現在終於能夠從正面大大方方地談論。赫蘿沒有露出笑容，也沒有表現出受不了或開心的模樣；不知怎地，赫蘿露出生氣的表情別過頭去。儘管如此，羅倫斯還是保持著溫和的笑容。這時，赫蘿偷看了羅倫斯一眼，然後用鼻子哼了一聲說：

「只有汝自己一人愈跑愈前面。」

羅倫斯不禁覺得這般說法十分孩子氣，而事實上也確實顯得孩子氣。

「咱跟帶著繆里爪子的那傢伙一樣，都是被留下來的一方。」

德堡商行引起的這場騷動讓雷斯可吵得一片鬧哄哄，這當中有人開心，當然也有人不開心。

就是在人類世界裡，也有人因為變化太過激烈而被留在原地。
赫蘿知道抵達約伊茲後，將面對讓她無法放開心懷感到喜悅的事實。
「沒多久前，明明都還是汝追著咱跑。」
事實上，在雷諾斯時羅倫斯一心為了跟隨赫蘿，而在城鎮裡四處奔走。
這麼一想後，羅倫斯發現僅僅幾天時間內，自己變得非常大膽且從容不迫。這是因為羅倫斯從來沒有像此刻這樣──因為身為商人而感到如此驕傲。
同樣身為商人的德堡商行，達成了任何商人都期望達成卻無法達成的偉業。
商人在世上絕非配角。
未來，商人將席捲全世界。
在雷斯可，能夠感受到這般愚蠢妄想也可能實現的氣氛。
羅倫斯看向赫蘿。
赫蘿像一隻討厭被人一直盯著看的小貓一樣看向羅倫斯，並且就像握住懷爐在暖手似地緊緊握住酒杯。
那是一雙纖細的小手。
不過，這雙手與羅倫斯一起克服了多次苦難。
「為了追上妳，我一直拚命地努力。妳不誇獎我一下嗎？」

赫蘿垂下眼簾，然後一副終於忍不住的模樣笑了出來。

或許赫蘿此刻在想，只是狀況好一些而已，這隻雄性馬上就得寸進尺起來。

儘管如此，笑了一陣後，赫蘿一副感到疲憊的模樣嘆了口氣，並抬起頭時，還是露出像是死了心似的笑容。

「是啊。汝真的很努力。」

然後，赫蘿鬆開握住酒杯的手。

「汝實現了與咱的約定。既然實現了，在那之後要怎麼做……」

說到一半時，赫蘿閉上沾了雞油而發出閃亮光澤的雙唇。

不用說也知道赫蘿在那之後要怎麼做，而這也不是羅倫斯能夠插嘴表示意見的事情。

在那之後，羅倫斯將結束與赫蘿一同以約伊茲為目的地、宛如童話般的旅途，回到名為行商路的現實之路。羅倫斯還有很多工作必須完成，也有很多事情必須做出了斷。

不過，完成這些事情後要如何安排已有定案。

這個安排羅倫斯不需要刻意逞強，也不是愚昧的幻想。因為赫蘿總是陪伴在身邊，所以儘管身邊的存在是身上長出動物耳朵和尾巴的狼化身，羅倫斯還是經常會忘記這樣的事實。

既然如此，之後當然應該是由羅倫斯負責控制韁繩，而赫蘿則控制其他東西。

是唄？赫蘿沉默地這麼問著，露出看似難為情的淡淡笑容，注視著羅倫斯。「沒錯。」羅倫斯答道，並動起放在桌上的手指頭。未來回顧自己的人生時，羅倫斯肯定會想起這個瞬間。

赫蘿一副有預感即將觸碰到滾燙物似的模樣，有所戒備地縮起原本已經很纖細的肩膀。

雷斯可正陷入一片如舉辦祭典似的興奮氣氛之中。

所以，一時之間羅倫斯只想到「難免會發生這種事情」——

一只包袱從天而降地掉落在桌上。那是一只可以輕輕掛在肩上，一看就知道裡頭只可能裝著微薄財產的廉價包袱。羅倫斯不需要抬頭看，也能夠想像出包袱主人的裝扮。

包袱的主人想必是以旅行度日，連必須扛著走的笨重家當都沒有的沒錢傢伙。這個傢伙可能是在準備要去做什麼的路途上，也可能一輩子都是這副窮酸樣。不管是前者還是後者，都能夠想像出肯定是一個在這場騷動中興奮過了頭而喝醉酒，然後不小心掉了行李的輕浮傢伙。

羅倫斯原本打算握住赫蘿的手，但停下動作、改為拿起桌上的袋子。少根筋的醉鬼仁兄啊，今晚就暫且原諒你的粗魯行為好了——羅倫斯這麼想著，並抬起了頭。

這時，羅倫斯像是被什麼力量吸引了似地再次看向袋子。在這瞬間，羅倫斯腦中的一切思緒化為空白。

「克拉福．羅倫斯。」

對方低聲說出了羅倫斯的名字。

赫蘿在桌子另一端驚愕地瞪大著眼睛。

突然掉在桌上的包袱，根本不是不小心掉落的東西。
包袱的主人此刻應該在距離雷斯可很遙遠的地方，而且是羅倫斯熟悉的人物。
「賢狼赫蘿。」
把寇爾的袋子丟在桌上的人物，從帽子壓得低低的長袍底下說出第二個名字。
世上有數不清的登場人物。
而且，每名登場人物都朝向各自的目的勇往直進。
不管是悲劇或喜劇都一樣。

待續

後記

好久不見，我是支倉凍砂。這次隔了很長一段時間呢，這是第十五集。約伊茲終於來到射程距離內，作品上面應該也特別標出了最終章吧。

還有，這次又是分成上、下兩集。因為有一大堆東西想寫，所以加了很多情節進去，結果分量變得很驚人，還希望大家能夠多點耐心閱讀。我還滿喜歡這次的副標題，感覺很像那種尋寶動作片的副標題。不過，這個副標題好像有符合內容又好像沒有……

對了，我最近玩潛水玩得滿凶的。光是今年，到目前為止差不多就玩了二十五次之多。每次到海邊，一天都會潛水潛個三次，所以整體來說次數還不少。

我很喜歡看魚，但嚴格說起來我比較喜歡又小又細長的魚，所以老是帶著相機在石堆或沙地看魚。這時呢，經常會發現教練在稍微遠一點的地方發出敲打聲吸引大家的注意力，然後就會看見魔鬼魟從教練指的方向游過去。不過，老實說，我覺得魔鬼魟有些粗俗……相反地，鰕虎魚或是小丑魚的纖細感就美得受不了。

尤其是鰕虎魚，明明那麼小一尾，卻有兩千種以上的種類，聽說還有一大堆新種和未分類的種類。至於小丑魚呢，就算拍照技術很爛，也可以拍得很漂亮，所以我很喜歡。還有，我也喜歡獅子魚。

如果要說比較奇特的種類，電鯰也很有趣。只要碰到電鯰身體上的發電器官，就算隔著手套也會有被電到的感覺。還有，說到電鯰，就算是大家圍上去戳來戳去，牠也不會逃跑，真的好奇怪喔。或許是因為電鯰大多鑽在沙地裡，所以就算被大家戳來戳去，也會誤以為自己已經躲起來吧。這感覺簡直就像某作家拚命說：「原稿完全照進度在走！放心吧！」然後誤以為大家都相信他的藉口一樣。我說的某作家不是我喔！

還有，巨型章魚也滿有趣的。有一次教練想要抓住章魚給我們看的時候，章魚以驚人的速度向我這竄逃。因為看見章魚打算從我腳邊穿過去，我不由地兩腿一夾，結果正好被我夾在胯下。章魚還在我的胯下扭來扭去，好色喔。最後，章魚吐出一大口墨汁落荒而逃。

我會好好努力下一集的寫作，才不會也像章魚一樣吐出墨汁落荒而逃。

那麼，我們下次見囉！

文倉凍砂

©YASHICHIRO TAKAHASHI 2010

Kadokawa Light Novels

灼眼的夏娜 S~SⅡ、0~20 待續

Kadokawa Fantastic Novels

作者：高橋彌七郎　插畫：いとうのいぢ

「祭禮之蛇」的復活提振「使徒」軍心？
「紅世使徒」與火霧戰士展開最終決戰！

超人氣輕小說第20集登場！在「蛇」坂井悠二「大命宣布」之後，「使徒」們立即掌握制勝時機，在〔化粧舞會〕「將軍」修德南的指揮下展開包圍殲滅戰。面臨眼前這壓倒性的劣勢，火霧戰士兵團不得不被迫撤退。波濤洶湧的最終決戰，勝負即將分曉！

各 **NT$180~220/HK$50~60**

台湾角川

國家圖書館出版品預行編目資料

狼與辛香料 . XV, 太陽之金幣 / 支倉凍砂作 ;
林冠汾譯 . -- 初版 . -- 臺北市 :
臺灣國際角川 , 2011.04-
冊 ; 公分
譯自 : 狼と香辛料 . XV, 太陽の金貨
ISBN 978-986-287-119-5(上冊 : 平裝)

861.57 100004102

Kadokawa
Fantastic
Novels

狼與辛香料 XV
太陽之金幣〈上〉

（原著名：狼と香辛料 XV 太陽の金貨〈上〉）

2011年5月13日 初版第1刷發行
2024年6月17日 初版第13刷發行

作者：支倉凍砂
插畫：文倉十
日版設計：渡辺宏一
譯者：林冠汾

發行人：台灣角川股份有限公司
總監：呂慧君
總編輯：蔡佩芬
主編：林秀儒
編輯：黎夢萍
設計指導：陳晞叡
美術設計：莊捷寧
印務：李明修（主任）、張加恩（主任）、張凱棋、潘尚琪

發行所：台灣角川股份有限公司
地址：104台北市中山區松江路223號3樓
電話：（02）2515-3000
傳真：（02）2515-0033
網址：www.kadokawa.com.tw
劃撥帳戶：台灣角川股份有限公司
劃撥帳號：19487412
法律顧問：有澤法律事務所
製版：巨茂科技印刷有限公司
ISBN：978-986-287-119-5